献给妈妈

等 光 来

弋舟三论

Until The Light Arrives
Three Essays on YiZhou's Novel

贺嘉钰　著

陕西师范大学出版总社

图书代号：WX23N0973

图书在版编目（CIP）数据

等光来：弋舟三论 / 贺嘉钰著. —西安：陕西师范大学出版总社有限公司，2023.8
ISBN 978-7-5695-3677-5

Ⅰ.①等… Ⅱ.①贺… Ⅲ.①弋舟—文学研究 Ⅳ.①I206.7

中国国家版本馆CIP数据核字（2023）第106369号

等 光 来： 弋 舟 三 论

DENG GUANG LAI: YIZHOU SANLUN

贺嘉钰　著

出版统筹	刘东风　郭永新	
责任编辑	张　佩	
责任校对	高　歌	
装帧设计	张潇伊	
出版发行	陕西师范大学出版总社	
	（西安市长安南路199号　邮编710062）	
网　　址	http://www.snupg.com	
印　　刷	陕西龙山海天艺术印务有限公司	
开　　本	787 mm×1092 mm　1/32	
印　　张	6.375	
插　　页	4	
字　　数	97千	
版　　次	2023年8月第1版	
印　　次	2023年8月第1次印刷	
书　　号	ISBN 978-7-5695-3677-5	
定　　价	49.00元	

读者购书、书店添货或发现印刷装订问题，请与本公司营销部联系、调换。
电话：（029）85307864　85303629　传真：（029）85303879

嘉钰也许会成为那样的批评家：当她或他谈论和分析一个文本和一个作者时，仅仅是因为海浪和群山之上飞来了一只鸥鸟，海浪和群山屏息追望着这只飞鸟，它是无言之言，是自身内在性的一个偶然的、一闪即逝的形式。

这样一个批评家，是挑剔的，等待的，内向的，静默的。批评行为变成自我的推敲、修改、延展、完善。这样的批评并不导向判断，它是山林风动，海浪叹息，存在原来如是、如彼。

所以，对嘉钰来说，问题不在鸥鸟，而在山林如何幽深，海浪如何壮阔，而在一个具有作家品格的批评家如何开辟她或他的世界。在这个世界里，在孤寂和盛大之间，八面来风，万物皆备于我。

著名评论家　李敬泽

在贺嘉钰的《等光来：弋舟三论》中，我们能听见某种音乐的和弦，或者对位，评述者倾听叙事者小提琴般饱满华美的旋律，以精确而柔和的钢琴声准确地呼应，诠释那些"彷徨于无地"的人间故事。像一场完美的室内乐合奏，贺嘉钰与弋舟一起为读者奉献了他们对时代与人的新注解。

著名作家　苏　童

如歌喉的声线，手上的掌纹，有独异腔调的评论才会给人留下感官的印象，而不只是概念。嘉钰原有的学术训练相当扎实，喜欢"述"，这使她在重史料的基础上获得了一种行文的生动与饱满；而在北师大的学习经历又激发了她敏锐而新奇的文学感悟力。由此才生成了她独特的批评腔调，能够以此来处理弋舟这样比较深阔而复杂的作家的文本，并在"述"的精彩与婉转中，展示出不一样的丰盈、层叠、灵动与盛大。

北京师范大学文学院教授　张清华

在这里，弋舟与贺嘉钰，他们的创作与批评，互为镜像，互有所寄。在这里，他们因双向同构而成为整体，又因互相发明而完成自己。

著名作家　李　洱

目录

"失序者"的出离与复归

埃贡·席勒曾让一枝酸浆长在他的自画像中，那是1912 年，四颗饱满艳红的果子之侧，是席勒一贯傲慢又坦白着情绪的目光。植物在他的画中并不常见，而这一株还另有名字，英文叫作 *Chinese lantern*，中国灯笼。八十年后，遥远中国一位男青年进入美术学院，他后来成为小说家为人所知。在他早年的两部长篇里，主人公和整部作品似乎都无限接近着席勒自画像中那种怪异又安然、恹恹又自爱的气质。

小说家是弋舟，埃贡·席勒是他多年来保持着"稳定喜爱"的艺术家。

很容易在起笔时这样开始："弋舟，中国当代文学最令人瞩目的'70 后'作家之一，祖籍江苏，生长于西安，久居兰州……"如此表述尽管未尝不可，但我忽然意识到某种危险，某种滑向被最大公约数所笼罩的懒惰，某种对个体独异的怠慢，而那正是体贴文学所忌讳的大而化之。

"生长地域"也许天然为解释书写气质提供来路，但"迁徙"成为弋舟在出生前就被注定的宿命。尽管论者与作家本人都确认着他文本中的"南方气质"，但对故乡的无从指认反而使他患上了更普遍意义上的"怀乡病"（nostalgia）；做一个永远的"异乡人"，似乎也更接近理想写作者的状态。在弋舟这里，"故乡"比起地图上可被标示的某一处，更类似一种怀旧情绪，它比附着时代与生命的理想状态；"代际"作为标签，并不能为同代人的丰富驳杂作注，其功用也许在于提示，浸淫于此非彼的时代必将赋予写作者特别的气息和目光。而意欲在作品中放置对时代的种种征候做出的思索的作家，大多会抱持严肃的文学趣味。这趣味可附着于语言，可停靠在对某几类形象的反复呈现，亦可表达为对生命中那些"百感交集"时刻的铺展与想象，不厌其烦地擦拭现实与思想里暧昧、含混的灰色切面。而恰好，弋舟是这样一位作家。

埃贡·席勒

《与灯笼草的自画像》

Self-Portrait with Chinese Lantern Plant

1912 年

1985年，少年弋舟在课堂上怀着期待被人察觉的紧张与骄傲，读黑格尔。他以"连囫囵吞枣都算不上的翻开《小逻辑》"这一"荒谬的事实"，为自己文学河流立下一处"作为起点的航标"。[①] 一定是读不懂的，但那种不知所云的表述与陌异迷人的语言方式，成为他趣味的启蒙。语言如此排列将唤起它的信徒对于模糊、遥远、陌生的美的认同，它不可名状，忽然而至，却早已根深蒂固。这个时间点，正是中国当代先锋文学酝酿着风暴的前夜。第二年，十四岁的弋舟在吕新的处女作《那是个幽幽的湖》中确认了自己与某种文学气质的投契，自此，追读《收获》《花城》与先锋文学作品成为自觉。弋舟学艺术出身，是因为"从小就被往那个方向塑造了"[②]，从绘画的专业训练荡漾到写作，或许多少解释了后来诞生于他小说中的迷离的色块感，以及凝固瞬间的叙事方式。

---

① 弋舟：《总要有一个起点作为河流的航标——小说集〈丁酉故事集〉自序》，载《新文学评论》2018年第4期。
② 标记于弋舟发予笔者的小说电子版文本中。

一、以长篇写作为窄门

简要掠过作家早年可被辨识的文学脚迹，不过是想为进入他正在流淌的文学河流提供一处落脚的方便。但似乎是一种徒劳。弋舟早期的创作与发表存在较长的时间差，就所能读到的最早文本《跛足之年》看，定稿于戊子年（2008年）冬至的这部长篇小说第一稿完成于1999年11月19日[1]，出版已是十年之后。弋舟回忆："《跛足之年》是手写的，写完就放在一边了，过了几年整理柜子翻出来了。"[2] 另一重要长篇《蝌蚪》发表于《作家》杂志2006年第9期，2013年由作家出版社出版。在《蝌蚪》发表的大半年前，这家在坊间被誉为"中国《纽约客》"的刊物还发表了弋舟的长篇小说《巴格达斜阳》。由于担心书名不好过审，2012年，百花洲文艺出版社将其更名为"战事"出版，2018年11月作家出版社再版此书时，改回"巴格达斜阳"。正如程德培在《你所在的地方也正是你所不在的地方——弋舟的底牌及所有的故事》中写到的："一般说，以

---

[1] 标记于弋舟发予笔者的小说电子版文本中。

[2] 2019年11月24日，笔者微信采访弋舟时的记录。

记忆中的成长和成长中的记忆步入写作之途是种常态，而一开始便以《跛足之年》和《蝌蚪》这样的长篇出现在世人眼前的并不多见。"①以长篇作为创作起点②，于弋舟，大概更是一种文学抱负，他选择在一开始就做一件更加"文学"的事情，不取巧，不一时兴起，不降低志趣的难度。2004年起，弋舟的中短篇开始频现于各大文学刊物，写作作为手艺臻于佳境，也于他的中短篇中完成。

正像第一次看到埃贡·席勒的作品会被他画作的诡异慑住，《跛足之年》也正是这样一部充满"怪相"、读来"怪异"、风格"怪诞"的作品，它的抒情方式与后来弋舟在大多数中短篇中所怀带流露的，大有不同。然而，那种无意或有意为之的无序、盲目、错乱、颠倒，不正如同青春本身吗？《跛足之年》呈现出的"怪"，或与作家其

① 程德培：《你所在的地方也正是你所不在的地方——弋舟的底牌及所有的故事》，载《扬子江评论》2017第5期。
② 在与走走的一次对谈中，弋舟讲道："我还记得，大约十五岁吧，我给《收获》投过稿，写在格子纸上，好像模仿了林白？最终收获到一纸格式化的退稿通知。这个时候的写作，当然谈不上是一个'决定'，但这种行为，无疑已是一个发端。"但这一次投稿已无从查找，笔者故将《跛足之年》视为弋舟写作的起点。

时追求的现代主义风格有关，但今天重读会发现，它在作家的精神领域占有特殊位置。《跛足之年》如一片植下众多意象树木的密林，后来的很多路，是以这里为起点的。它风貌奇崛，为弋舟日后的写作调遣奇异幻想与情绪提供底色，它所呈现的人际关系之混沌与脆弱，"青年人"成为"中年人"所必将咽下的幻灭感，现代生活难以修改的生存逻辑与严酷法则，人类永远无法逃遁的孤独，都将缓释于作家日后的创作。《跛足之年》的故事与叙事也许过于破碎，但不可否认，它酝酿着一些后来的风暴。

初稿完成于1999年冬天，而小说故事开始并落脚在2000年第一个夜晚，也许可以说，这部小说所以诞生首先来自"千年一遇"的时间焦虑。人类在巨大的"重启机制"前对自身失焦，被千禧年"焦虑"所执掌的，不仅有以小说主人公为代表的"马领"们，还包括作家本人。时间过去，时间到来，一个可以被明确标示的时间暗示着我们对时间的感知方式。弋舟以圆形叙事使小说首尾经过一路颠簸动荡后柔滑相接，正如十年后作家回望，它处理的首先是"时间"本身①。在千禧年即将降临的夜晚，马领周身伤痛地出现在一列目的地未知的火车上，他是谁？他来自哪里，将去往何处？他为什么眼含泪水，为什么无端与一只梦中的抽屉搏斗？这些非但故事这端的我们不了解，就连马领自己恐怕也未必讲得清，故事这样"怪异"着伸出一只脚，而作为叙事动力的疑问则要到小说最后一刻才水落石出。《跛足之年》是作家的"青春之作"，与讲述了一个怎样的故事比起来更值得我们注意的，是他如何完成了这样的讲述。

由于无法忍受单位办公桌的一只"抽屉"，马领辞职了。朋友老康接济，为他租下公寓，那里也成为马领与女友罗小鸽的寄寓地。妹妹马袖的到访与她身后的"老男人"成为兜头浇在马领身上的凉水，生活自此转向。老康拉着

---

① 《跛足之年》后记中作者写道："这部小说动笔在九年前，就是说，如今已经是它孕育的十年之后了。在这里我强调了时间，因为当我用'那一年……'开始讲述时，'时间'便成为这部小说最不可或缺的一个词。十年来，它始终在成长，几易其名，不时往另一番模样去发展，其古怪，有时候连我都会大吃一惊。它完全不以人的意志为转移，它所遵循的，只是岁月，是岁月凶猛地改变着写作者观念、好恶，乃至世界观的那种剧烈的程度。"

马领煞有介事地张罗起广告生意，他们下海了。"在我们那个年代，'下海'曾经一度成为时代的代名词，我们那个年代的海面上因此呈现着蔚为壮观的景象，人们像一根根筷子插在时代的海洋里，而马领和老康，正是两根这样不自量力的筷子。"这门"事业"打最初起就运行于各种不靠谱之上，老康以一种"抒情"的方式拥抱20世纪90年代的商业逻辑，最后"破产"并"消失"，马领兜转一圈，重新坐上开往千禧年的冰冷火车。

《跛足之年》没有一处不落地于现实生活，但令人吃惊的是，尽管故事在现实逻辑中展开，整部小说却被一种鬼魅怪诞所包裹。尽管它强调秩序，却无处不在书写偏离与失序。作家甚至敢于将一部长篇的关节扣在一只抽屉上。"她在整理自己东西的时候，马领有一瞬间感觉是罗小鸽又回来了，在这套房子里转来转去，抱怨着怎么连一只抽屉都没有，并申明：抽屉是什么？抽屉就是规律与秩序，能够让一切井然有序。"叙事带来的无序感恰好为这群年轻人的乖张与忧伤赋形，社会如同一架巨大的粉碎机，这群年轻人，在一夜之间苍老。

老康的出走与消失，第一次完成了弋舟日后小说中一再出现的"出离者"形象，特别是作为一个"出离的男人"，他几乎成为《怀雨人》中"潘侯"、《等深》里"周又坚"、《赖印》中"驯兽师"们的"精神父亲"。这些失序者的出离是弋舟不时回到的叙事原点。因为他始终关心，人是如何脱离或突破了他们的轨道成为"失序者"，从而理顺他们的具体处境与选择，为理解这个时代绘出门径。

说一部作品"怪诞"，多半是因为读者的趣味还处在一个颇为传统的轨道上。《跛足之年》一开始就挑战着某种关于小说叙事的传统审美，破碎与诡异让我们不得不直面存在本身。它的叙事被作家意念中的理想文学概念所切割，一些稍纵即逝的灵光使这部小说漫溢迷乱气质，但它洋溢着年轻的生命动力、喷薄着生猛的颠顸之气，那些未经过多修饰与打磨的文学直觉如生命基因一般被注定，不容修改。从黑格尔到先锋文学，弋舟的文学准备在《跛足之年》里完成了一次小小的火山喷发，那些蔓延开来的岩浆几乎依然为他今天的写作提供温度。

《跛足之年》完成后被作家搁在了一边，十年后方才修订出版。这期间，《蝌蚪》游弋而出。按弋舟的说法，《蝌蚪》几乎就是因着"一篇作文"与"一首诗"，往前游去。褪去了支棱在《跛足之年》里的青春胡楂，《蝌蚪》的叙事技艺更为圆熟，那些粗粝的，时而硌着你一下的不管不顾在逐渐脱落，它以更聚焦和克制的方式讲述少年郭卡的成长与孤独。郭卡目睹父亲郭有持"持刀"跋扈于"十里店"的暴力，目睹母亲决意的逃离，目睹父亲的情人徐未在被损坏的生活中昂扬求生并终于毁灭。少年郭卡已惯于品尝"十里店"漫山遍野的疯狂与暴戾，当他成人离乡，从"十里店"到"兰城"，在与世俗种种喜悦忧伤遭逢后，在无法走出父亲持刀的影子并鬼使神差将父亲置于死地后，他终于长成"文明不再困扰我，野蛮不再困扰我；女人不再困扰我，男人不再困扰我"的"雌雄同体"的"蝌蚪"般的生命存在。作为成长小说，《蝌蚪》在讲述少年长成的同时，敞开了个人如何成长为自由人类的可能。

　　"我没有故乡，不断被放逐与自我放逐。这就是我一切怕和爱的根源。"①《蝌蚪》的完成为弋舟的写作河流堆出一座岛屿。这座岛盛放着三层地理空间，它们彼此错叠，共同构成蝌蚪从蒙昧游向整个世界的起点。对一个在出生

---

① 见《蝌蚪》后记。

埃贡·席勒

《穿条纹衬衫的自画像》

Self-Portrait with Striped Shirt

1910 年

前就完成迁徙且始终怀有"异乡人"身份感的作家而言，这一小块诞生于思想的陆地，几乎可被视作故乡。"当我以小说的方式勾勒出'十里店—兰城—岛国'这么一个递进而又循环往复的空间时，我充分感受到了唯有写作之事才能给予我的那种象征性的慰藉。于是，小说的逻辑建立起来了，徜徉其间，我宛如回到了故乡，觉得自己就是一个合理的人，一个不尴尬，跟谁都能交代得过去的人。"① 显然，"故乡"已超越具体的地理所指而成为作家精神的皈依地。除过"兰城"这一稳定空间，弋舟的文本世界总体上是取消而非执着于对一地一隅的细描，他深耕的是人心沟壑，是灵魂对望时叩在心灵的位置。

与很多成长小说相似，《蝌蚪》也可粗线条地理解为少年的成长以"弑父"为完成标志，不同的是，作者极少直接处理父子关系。郭有持的横行与暴力并非坚不可摧，他几乎只是因为被人（煤贩子）"啐了一口"而萎下了嚣张气焰。煤贩子的到来打破了"十里店"长久的封闭，被郭有持执掌的"十里店"是前市场经济中的失乐园，而那些

---

① 见《蝌蚪》后记。

煤贩子"腰包里鼓鼓囊囊地塞满了钞票",他们与它们的侵入,意味着金钱逻辑在现代社会成为最具权力的"刀枪",另一种"野蛮"以"文明"的方式击溃了原始野蛮,伴随着郭有持失势与老去的,是一个时代的一去不返。

将《蝌蚪》放在整个中国当代成长小说的谱系中来看,它的勇敢与先锋也令人耳目一新。从少年成长到人之独立,《蝌蚪》更关心"人"如何完成自我。溯洄童年,郭有持以"刀枪"为逻辑对"十里店"开口说话,郭卡作为地霸儿子却领受了一个尴尬身份,众人怕他,不因他是"少爷",而因他是"怪虫虫"。这条"怪虫虫"无时不对体面、优雅、文明的生活保持向往。"我认识到:原来我发奋读书,千辛万苦地把自己塑造成一个兰城人的模样,其实根本上就源于那一个动力,那就是,用一种文明的、非菜刀的方式,去战胜野蛮与荒芜。"而"怪虫虫"终于真正感到作为人之完美与从容,源于官生,一位具有预言家气质的同性伙伴所给予的安慰。诞生于他们之间的同性之爱"外人永远不会明白。那其实也没什么玄妙,就是地地道道的纯正的柔情,我只是感到无力为之申辩"。然而,在经历了看似的成长,获得了文明与体面的庇护之后,"郭卡"们依然要被对于这世界知之甚少，甚至一无所知的恍然感击中。当"对于文明与野蛮偏见一般的标准已经瓦解"，"成长"是否依然必要？真正的成长又应被如何定义？蝌蚪该向哪里游去，变为青蛙，抑或蟾蜍？罐头瓶中的蝌蚪无意于挣扎，郭卡却从琥珀样的存在中看到生命的局限，那"一群古怪的孩子"必将"熔化在挫败、遗弃、惊愕和孤僻中"，这是宿命，是蟾蜍或青蛙，是郭卡、官生、庞安、马领、老康之辈都无力抗争的，他们都被生活突如其来的不可理喻碾压过，也将被冰冷的火车载往未知之地。我们似乎隐约看见了，从灰色叙事深处升起的，那双无形的操纵一切的大手。

在《跛足之年》与《蝌蚪》中，弋舟的叙事尝试似乎受到点彩画派的启发，所有织就文本的细节如同彼此独立的微小色块，近距离逼视自有其美感，但观者将迷失于色点满坑满谷的排布，它要求你后撤，所有看似碎裂的意象将在距离之外获得辨识它们的目光。

《巴格达斜阳》是弋舟长篇创作中对传统讲法的一次复归。如果说《跛足之年》与《蝌蚪》带有某种"弱阳性"[1]气质，同一时段出现的《巴格达斜阳》便站在了一众"不彻底"男性的对岸——丛好在经历了生活的起起落落后，始终没有失去身体内部的静气，她周遭的世界翻云覆雨，却似乎从未将她打湿。其时正发生的伊拉克战争作为时隐时现的背景，与丛好的人生轨迹、她对理想的模糊指望遥相应和，从"兰城"到"柳市"，再切换至遥远的"巴格达"想象，弋舟再一次用出离地域以超越旧我来讲述成长。

在中篇《我们的底牌》中，"母亲"讲过这样一句话："三儿，你前世是只蝌蚪，没变成青蛙就死了，所以这辈子你也享不到父母的福。"又是蝌蚪。蝌蚪以外，"冷饮摊主那个白暄的胖子""此生可以见到的一切残缺者和病痛者""三十七层高楼上的广告牌与身体交易"等等意象，将带着寓言与谶语属性浮现于若干年后的《雪人为什么融化》《有时候，姓虞的会成为多数》《隐疾》与《金枝夫人》等

---

[1] 《跛足之年》中有关"弱阳性"的具体解释："马领愣了片刻，开始回味'弱阳性'的含义。怎么会这样？要么阳性，要么阴性，怎么会出来个'弱阳性'？它是个不确定的、难以'拿掉'的问题，因为它让人无处下手，拿无可拿。"在《所有路的尽头》中，邢志平也被定义为"弱阳性"男人。

中短篇里。甚至《黄金》和《有时》里均出现那个叫"王务"的人;《时代医生》与《所有的故事》都给八岁的癌症男孩做眼部手术;通过校门口的公用电话两人结识,在弋舟不同文本中出现过三次。要将这些显而易见的"重复"视为某种"取巧",甚至"偷懒"吗?我更愿将它们看作作家的有意为之。

几乎可以确认,弋舟在小说丛林中暗布机关,那些闪烁于不同文本的同质光点在黑暗中构成一幅隐秘地图,它们分属不同世界,明明灭灭,相互致意,提示着在不同时空里曾偶然发生过的事情,拥有宿命的轨迹。弋舟布下的这些光点,也成为他趣味、偏爱、精神取向的表白。正像李雪关于弋舟小说的文章《被重写的故事与被植入的历史——弋舟小说简论》的题目,"重写"几乎可以被视为理解这位作家的关键词之一。甚至作家也曾借《我主持圆通寺一个下午》的主人公之口这样说过:

> 我说,是的,但是不要蔑视一切被用烂了的东西,它们之所以被反复地使用,说明它们最接近真实。所以,它们的意义与新旧无关,就像我现在对

你讲的这个故事，我是怎样成长的并不重要，重要的是我一定是以这种方式成长的。

重复会导致厌倦，刻意的重复也许因为着迷。弋舟着迷于制造并穿越那些无物之阵，他大约也着迷于自己笔下人物骨子里的波希米亚气质，那些不安分在耸动，预备着对规范的逃逸，逃逸，留下一个"空"，成为未知问题的提示。苏童曾做过这样的比喻："短篇是唱诗的过程，长篇是自我施洗的过程。"以长篇小说写作为窄门，往文学长河里淌去。《跛足之年》《巴格达斜阳》《蝌蚪》之外，弋舟写下了百余篇中短篇小说，正是在这些中短篇的营造里，一位作家发出了这个时代里独属于他的声音。

二、从"自我施洗"到"唱诗"

中短篇，特别是短篇写作的难度，首先在于它要求作家是一个讲故事的人。但"故事"只是短篇小说的必要不充分条件，语言、叙事以及如何在逻辑合理中于有限时空完成故事的飞行与着陆，于每个写作者都是考验。小说家风格的行走，也许首先表现在他调整了自己的语气以变调，弋舟似乎更长于在中短篇里把握叙事速度，他的写作在这里更敞开，更松弛。作家从长篇进入短篇幅写作的变化见出他调整的自觉。

让我们粗略地掠过他的一些故事：《夏蜂》从一开始就酝酿着颠簸和不安，充满中国式的凄凉与辛酸；《平行》写独居老人，将生命和时间挤压到一个点来书写，孤独显得无助而尊严；《雪人为什么融化》细描暴虐的发生与暴虐的形态；《我们的底牌》以人的内心为进路，描写当生活遇到不可抗力，发生变故，他们将怎样打开生活的局面；《所有的故事》像是对《金枝夫人》的一次戏仿，而"戏仿"也是理解弋舟小说的关键概念，到最后，我们也许会分不清究竟小说是对生活的戏仿，抑或反之；《巴别尔没有离开天通苑》，借由降临生活的偶然完成对生活的逃离；《如在水底，如在空中》讲述希望的不可指望，但人还是要为握住那一点点的希望做挣扎的努力；《会游泳的溺水者》关心人与人之间微妙又脆弱、不可道破的亲密，关于人如何直面生活中那稍纵即逝但充满命运感的时刻，作家将一种颓丧处理得别具美感；到《随园》，叙事展开得更为平缓，杨洁两段过往回忆，真是人生流丽，文字节奏和故事本身会让读者感到有什么在沉缓下来，心灵已是废墟，可有人执意在废墟上建筑，直至从容拥抱；及至《核桃树下金银花》，作家以温情来重读这个时代的匮乏。他在快递员身上看到诗意，用"汶川大地震"如此具体的现实体谅并触摸生命曾经的温度。一次偶然"事故"引发的"故事"让两个体重190斤左右的年轻人共同完成一场抒情，"失败者"曾有过被这个世界温柔以待的短暂瞬间，那些看似虚无的偶然确有成为生活指望的可能。《碎瓷》《我们的蹰躕》《如在水底，如在空中》等等，弋舟有太多故事向着同学之谊回望，好像只要有"同学"这一层关系在，交往就会有一种兜底，这大概也是他的"怀乡病"。

弋舟的中短篇往往洋溢着某种"洋气"。说"洋气"，是我潜意识里用他生长生活的地域来想象他的写作风格，但如果作家在十几岁时就抱着《小逻辑》不明就里地着迷，在今天依然"对克里姆特和埃贡·席勒的维也纳分离画派，保持着比较稳定的喜爱"①，我们似乎就没有理由认为弋舟

<hr>

① 2019年11月26日，笔者微信采访弋舟时的记录。

是"洋气"的，他本该如此。但且慢，一位写出了《桥》《安静的先生》《随园》的作家又怎么可以用"洋气"偏狭地概括？事实上，"现在看，我对古典艺术与现代艺术，有一个非常均衡的喜爱，两者没有任何一方占据丝毫的上风"①。那么，弋舟的写作，特别是中短篇的独异性，到底在哪里？

首先，弋舟作品总是存在一个清醒、自省的叙事者。他在讲故事的同时塑造了一个"讲故事的人"，那个几乎无处不在的叙事者。他的中短篇大都呈现一种优雅仪态，即便是关于潦倒与破损的生活，也难掩其中的优雅。为什么？其一是叙事者的语言方式。那个叙事者经历生活，在拥有对生活的准确表述力的同时，他思索，是思想的底色为即便穷困也敷上智性的美感。那个叙事者能在经历的同时拥有反察目光，或是在经历之后惯于反思，他让生活本身成为进入自我与世界的媒介。这一叙事者或许可以称作小说的"心灵"，他"意识到自己的内心活动，这种内心活动就变成自己的对象。心灵既是认识主体，又是认识对象，

---

① 2019年11月26日，笔者微信采访弋舟时的记录。

这样它才是自觉的"①。

"惯于自省的叙事者"是理解弋舟小说的另一门径。一切写作本质上都是在写自己，自我参与度太高，作家的影子太深，一个自觉叙事者的存在是否会成为写作的某种桎梏？弋舟也在突破。从青年人到中年人再到老年人，从男人女人到儿童，弋舟叙事的切入声音日益呈现多种音色，他关心唱法，但更关心的，是唱什么诗。

其二，因为叙事者的反思理性，他的小说易见"凝固瞬间"。叙事者时常在故事的推进中摁下暂停键，反观，用思想凝视，使对岸的我们遭遇一个主体凝神的时刻，如看一幅自画像。不同故事中叙事者发出的声音完整构成了"作者"，这就如同画家为自己画像，所有线条、颜色以及力量的处理方式，所有从画面望出来的目光都在告诉画面对岸的我们，你看到了一个怎样的世界。重要的是那声音与目光。被呈现的自我，是艺术家在处理了世界的庞杂之后，永恒地目睹着这个世界的自我。他们在注视，注视着我们注视他们。他们在讲话，以沉默言语向我们的目光索

① 黑格尔：《美学》第三卷（下），朱光潜译，北京大学出版社，2017年，第488页注释1。

要答案。在叙事的流动中随手摁停，一个动作定格，凝固，属于这个动作的思想开始舞蹈。弋舟小说中的智性一部分来自"悬置"，他将生活中的多意瞬间剥离出来，使它们静置半空，处在一个被周身打量的位置上。这些瞬间出离于情节，但又几乎不打扰故事的流畅，是这些思想时刻让故事本身具有了诗的气质。

从一个"凝固瞬间"可见弋舟小说语言的审慎。对表述的讲究，对把玩语言本身的兴趣，使他的文字常常带着一种与自己反复商榷后的坚定，尽管这有时会降低叙事的速度。弋舟的小说有一种在瞬间上盘桓与耽溺的品质，这使得时间本身与感受时间的方式在表述中被重新定义，而文学表达确在改变我们对时间的感知。瞬间可以恒长，久远存于转瞬。在弋舟这里，他擅长的是对瞬间的挽留，在"瞬间"上的踟蹰使文字具有了"致幻"能力，我们因此被赋予新的方式感受时间。时间在小说里不表现为线性流淌，它将从四面八方涌来，这也让他的小说常有"定格感"，好像故意绕着弯说话，在完成叙事的同时，完成了风格。

弋舟对待文字有一份矜重，这让小说常怀一种端庄的美感。"端庄"大概是他与文字会面时的自我要求。他时常在讲故事的途中耽搁下来,开始讨论,严肃地讨论一些形而上的问题。"端庄"以及表述的缠绕对于仅对故事有热情的读者将是考验,但这大概也是他有意为之的拣选,他在讲故事的同时走着一条背离讲故事的道路,而这样的作品恰好是作者与读者的相互辨认。

其三,是对"物"的摩挲。弋舟小说时常存在两种"物":一种推着故事往前;另一种并非显在,却是思想的琥珀。《随园》中有白骨,但作为亘古提示的是雪山。《所有的故事》中有锦鲤,而女孩怀抱的玻璃鱼缸更接近人之脆弱。《夏蜂》中有蜂群,但可乐瓶由"安慰剂"的装载变为"漂浮"的虚空,它同时成为男孩与母亲依存关系的表达。更不必说《碎瓷》中的碎瓷、《跛足之年》的抽屉作为故事与情感的结晶而存在,甚至一种幢幢老旧的"俄式"房子,让我们看到暗处的庞大权力体系在最后为年轻人摆平问题时陡然出现,但它们在年轻人求助后又反被他们摧毁(《怀雨人》中"雨人"出逃、《年轻人》中"逗号"跳楼),权力的无能与失效让我们看到貌似坚不可摧的脆弱与伪饰。而所有对"物"的体贴中最动人的,在我看来,是

《蝌蚪》中郭有持背包里的"地图"。在狙击手将绑架人质的郭有持击毙后，郭卡以一只背包重新认识他的父亲：

郭有持那只鼓鼓囊囊的双肩包被警方发还给了我。里面果然有些内容。分别是：一套内衣，洗漱用具，一只轻轻一拨就转动不已的滚轴，一副圆坨坨的茶色石头镜，七八千块钱。动身之际，它里面应当还塞着一把菜刀和一支蛇头虎尾的土枪。这些都不足以令人惊讶，它们各有来历与渊源，不过是往昔岁月的佐证。令我惊讶的是，包里还有一幅折叠起来的世界地图，地球在上面像一个屁股般的被分为两半。这幅地图令我失神。如果这行囊中的其他物品勾连着郭有持的过往，那么，这幅地图，却昭示着郭有持的未来了。这把老镰刀，他随身带着一幅世界地图，这就让背起行囊的他一下子显得辽阔悠远。他在憧憬什么？在遥望什么？憧憬与遥望，将把他穿着登山鞋的脚带往何方？

这一背包的"物"是死者留下的最后打量世界的目

光。一个以暴力与世界对话的人因为这一张地图，突然现出此前从未有过的无害甚至温柔，但也正是这张地图，意味着指向未来的可能与时间被彻底而具体地取消了，它带来的幻灭将比死亡的抵达更沉重。这样的存在之"物"在弋舟小说中几乎可以被不知疲倦地罗列下来，"物"如锚一样固定住漂浮的情感船只。它们就是普鲁斯特的"小玛德莱娜"蛋糕，与记忆有关，又重塑记忆，甚至重新定义人对外部世界的感知方式。弋舟对"物"的处理没有单纯停留在对隐喻的把玩上，"物"在具体语境中成为"障碍物"或"保护物"，人与具体之物那幽魅的联系是人与外在总体关系的一种投射。

对瞬间的耽溺、对"物"的迷恋都出自"虚构的热情"，作家还曾借马领之口说："我总有着杜撰的热情，我对虚构的事物很迷恋。"从一个故事的三种讲法上，我们大约可感这热情的温度。《谁是拉飞驰》《空调上的婴儿》《赖印》是一个家庭的三段人生，三种讲法，气息迥然，但彼此交错又独立的文本不约而同在讲述"无名"之人的故事。他们被称为"少年""女人"和"驯兽师"，作家没有为他们取下名字，"无名化"处理的另一端却是对"名字"、对

"名字"之后身份的执着。无名之辈比比皆是，他们，甚至我们，究竟是谁？那些被大大小小的事情毁坏的人，也成为自己所受灾难的同谋。作家使人类在自我与他人的关系中辨识自我，以确认"我"与世界的联结。

《谁是拉飞驰》里少年在逃跑的途中不断追问"谁是拉飞驰"，那个他以为自己杀死的街头混混，最后反将他置于死地。《空调上的婴儿》中，女人在失去丈夫与儿子后，生活罩上晦暝之色："这个工作女人从十八岁做起。过去的二十七年她日复一日地如此饲养着鹤群：将窝头掰成小块。将肉末、熟鸡蛋、青绿饲料洗净切碎。每天喂两次，上午、下午各一次。加添加剂。玉米粒随时投饲。淡水鲫鱼一天喂一次。笼内要常备饮水，每天换两次。冬季增加一些花生。中间间隔着她自己的婚姻和生育。"这一段表述所蕴带的平静张力让人动容。在处理任何一种关系时，要面对的首先是自己。但当一个婴儿出现在高楼空调上，"把自己的一条命摆在了世界的眼前"时，她具体地感到一个生命的行将消失及与世界的关系，似乎才觉出"母亲"身份是她回应世界、牵记于世界的理由。"地铁菩萨""中途天使"，甚至一个"空调上的婴儿"，这些存在让我们看到生活被拯救的可能，他们，甚至我们，因此拥有安心穿越晦暝的从容定力。

《赖印》讲述了驯兽师随马戏团前往兰城，他的狮子于途中暴毙。他未曾为狮子取下一个合适的名字，直到多年后在兰城大学的自然陈列馆里认出它的标本，已成花匠的驯兽师于夜晚潜入陈列馆，在狮子的卡片上写下：赖印。这个名字独属于狮子，也独属于他。"晨风中，驯兽师感到一身轻松。自从他被马戏团遗弃在旷野的那个夜晚，他就失去了一切行囊。如今他是一个连名字都放弃了的人。他不惧就这样无以名之地走下去，就这样被'嗝嗝嗝'地呼喝着去颠沛流离。"人类的眼睛将无视那些他们不知道名字的事物，"命名"意味着与某一人（物）建立关系，唯一的、有着确定指向的关系。当无名之人有了"命名"的冲动，他在确认一种独属关系的同时也在确认自我，这是对孤独的克服，这一份确认与克服也将使他们的晦暝世界明净清晰。

"无名"之人还存在于《安静的先生》和《缓刑》中。"安静的先生"和"漂亮的小女孩"两个形象为中国当代短篇带来了两个独异存在，文本中凡指涉两位，无一不用这

埃贡·席勒

《瓦莉肖像》

Portrait of Wally

1912 年

两个最准确又最模糊的表述。他们是谁，随故事走一遭我们已然熟稔，他们是谁，故事落停的结局远未抵达，他们的面容已经隐约不可辨识。"安静的先生"久经风浪后退休，"将自己置身异乡，不过是为了回到日常的安静，给自己以往亏欠了的岁月做些人间的补偿"。他在南方的冬季与一位老先生以书结缘，"获得了自己迄今最为安静的一段时光"，第一次完美的南徙坚定了他"去做一只候鸟的心"，而第二年追随白居易的江西之行却状况迭出，隐匿身份而与"江面融为一体的画面完结了"，他必将暴露于现实，安静要被喧哗击碎，人将无处可逃。但"安静的先生"要逃去哪里？当往日与初心在扣留他的派出所办公室忽然将他击中时，他终得"巨大的安静"的抚慰。

一个人无处可逃，又于逼仄处"逢生"，在弋舟的小说中，《安静的先生》罕见地安排了暮年之人得到明亮解脱，而《缓刑》则是我以为弋舟写过的最残酷的小说。一个不足八岁的"漂亮的小女孩"在机场与行将离异又起争执的父母走失，她无意于逃走，却将自己放逐到世界边缘最黑暗的角落。杀机四伏。我们不知道她即将领受解救，抑或戕害。但显然，我们于"漂亮的小女孩"的一步步

033

"脱轨"与"失序"中看到了现代社会的某种失控，人类何尝不是在偌大的现代化机场迷失方向与位置的可怜儿童，然后，卖弄聪明般地呼救，却不知会招致什么，不知为何已将自己置于深渊。"窗外是黑色的夜空，跑道上的信号灯忽明忽暗地闪烁着，她影子的轮廓映在玻璃上，身后的影子叠加在上面；有一队乘客正从摆渡车上下来，没有谁命令他们，但他们却自觉地走出了某种秩序，在一道车灯的照射下，宛如一队正在服着缓刑的囚徒。"《缓刑》的底子是寓言，它让我们看到无处不在的风险，人该如何自救？如何逃离？又能逃去哪里？生活旁逸斜出的部分将伸向生命里最为黑暗的一种可能。这部短篇对人类作茧自缚的绝望与"黄雀在后"的黑暗做出了深刻的剪影式书写。

在与"无名"之人平行的另一条路上，走着"刘晓东"之辈。《等深》《而黑暗已至》《所有路的尽头》组成的《刘晓东》三部曲是弋舟迄今被讨论最为充分的文本①，与以上"无名化"处理不同，作家这一次用三部中篇共同人物

---

① 以李陀发表于《读书》杂志2019年第9期的文章《两个自我的不能承受之重——评弋舟的组合小说〈刘晓东〉》为代表，评论界对《刘晓东》三部曲的细读与重读，确认着这三部中篇对现实的巨大精神能量。

的名字为时代添上一个注脚，他响亮地念出："刘晓东"。

刘晓东是谁？

> 天下雾霾，我们置身其间，但我宁愿相信，万千隐没于雾霾之中的沉默者，他们在自救救人。我甚至可以看到他们中的某一个，披荆斩棘，正渐渐向我走来，渐渐地，他的身影显现，一步一步地，次第分明起来：他是中年男人，知识分子，教授，画家，他是自我诊断的抑郁症患者，他失声，他酗酒，他有罪，他从今天起，以几乎令人心碎的憔悴首先开始自我的审判。他就是我们这个时代的——刘晓东。[①]

复述故事总是徒劳，因为要将文学的语言译为另一种语言。要知道刘晓东经历、看到、反省了什么，只能去文本里走一遭。然后，我们将发现，刘晓东于故事本身是若即若离的，一个"疏离"于自我与外界的病人因某种正义的驱使拥有了"介入"的热情，他的"介入"与少年周翔、

---

① 见《刘晓东》自序。

少女徐果、少时同学邢志平有关，他是叙事者，是旁观者，是核心事件的局外人，更重要的，作为主体的他，还是一个"病人"。但对"病"的呈现，作家并非刻意悲观，他写的就是人类生命本然的状态。

也许正因这样的身份，"刘晓东"能更为整全和深刻地理解他的处境、他们的处境以及这个时代。三个故事中"行动"的是周翔、徐果与邢志平，刘晓东只是偶然交集进他们的生命，而这三次交集——寻找、帮助与陪伴，让作家集中地处理了当代中国诸般社会经验：金钱与权力逻辑、价值观沦丧、信仰迷失、婚姻解体……《刘晓东》三部曲如挽歌，但它意非唱衰某个时代，后撤一步看，三个故事均可解读为以"中年情绪"体味"少年气质"，那些油腻、朽坏与罪恶因为"少年行动"、因为"少年之心"的存在显出疲沓与不堪，而"罪恶"也有了得以清洗的可能。"刘晓东"本人因目睹而自省，他将渡到大河对岸去，将正视他的疾病，将去小酒馆喝一杯，将远行，将告别。告别什么？至少作家在三个故事结尾留给我们一种"告别"的情绪，这让我想起鲁迅先生笔下的"影"：

然而我终于彷徨于明暗之间，我不知道是黄昏
还是黎明。我姑且举灰黑的手装作喝干一杯酒，我
将在不知道时候的时候独自远行。

"刘晓东"或者弋舟，以"彷徨于无地者"的踟蹰与
决意，向一个时代致意，向一个时代告别。告别，特别是
与自我告别的故事，弋舟在往后还将反复讲起。他在2019
年写出的《核桃树下金银花》，一场温情伤感的青春之爱也
可读作与自我影子的永远告别。故事结尾，我们将听见一
个时代呼啸而去的风声，这样的时代，可以只属于某个人。
是告别，却又是回来，那种对回到一个什么地方的愿望集
中处理着两个主题：出离与归复。如果说弋舟小说结尾有
一个去处，那个点常常是"空茫"。

……于浩歌狂热之际中寒；于天上看见深渊。
于一切眼中看见无所有；于无所希望中得救。……

没有谁要求一个写作者必须看见他的时代，但作家
对人类的深情恐怕就是人间冷暖于文字复活时，它们将被

什么样的目光注视。寄寓于城中村的青年怎样具体地生活，他们又在想些什么？当快递员穿梭大街小巷日复一日取件送件时他可能遭遇什么？独居老人怎样挨过孤独？1983年的"清除精神污染"运动"清除"了谁？20世纪80年代在校园呼风唤雨的诗人如今何在？车祸、强拆、猫的走失、知识分子的困境与不堪，甚至汶川大地震……作家从未力求向某种光亮、明丽、正确的状态靠近，他不知厌倦地托出一个又一个病人，也托出他们所置身的巨大病灶。

弋舟具体地写这个时代，写时代的具体符号，但显然，他没有亦步亦趋地描摹一个即成世界，他还想跑过现实的藩篱，抵达那些仍未被认出的真实。弋舟小说里有一个可辨的"兰城"，它直指作者生活多年的"兰州"，但"兰城"似乎拥有中国大部分二三线北方城市的面貌，作家也无意过多着墨这座城市的风貌。是的，他在取消，那些发生在"兰城"的故事，在中国大地数个"兰城"同时发生着。弋舟小说中的人物气质，几乎诚恳地兑现了现实托付给他们的重量。

除过《势不可挡》是一篇幻想指向的小说，弋舟几乎所有中短篇作品都是现实主义这棵大树上的果子。但是，他的现实主义创作又显然不同于文学史上的"现实主义"，他所寻找和力图把握的，是现实精神气质，是呈现这个时代的"心灵现实"。一个故事能多大程度上解释这个时代？对时代的理解，作家的取材与讲述是否天然正义？诚然，一个以书写时代为志趣的作家并非在所有表达中都内设时代指向，特别是当他还"是一个相信生活中充满了隐喻和启示的人"，他更为关心的，恐怕是对人类永恒困境的探知与描述。用作品抵达当代人的困境是困难的，这个"困境"超越地域种族，属于作为人类某一时段共同体的"当代人"。置身其中，我们对能否准确命名困境也许都还没有把握，那么对于当下、对于日复一日的日常、对于科技、对于进步与文明，我们真的具有反思能力吗？弋舟在写作中试图完成这样的抵达，并找到反观的方式。

三、在"蓝色叙事"与"灰色叙事"之间

"蓝"与"灰"是两种意义空间极为敞开的颜色，我试图以这两种颜色所内蕴的生命状态与气质类型比附弋舟

的写作。蓝色安宁、克制、踟蹰、茫然，像青春莫名的悲伤；灰色凝滞、含混、暧昧、虚无，具有汇入一切的冲动，一切颜色都可因灰色的进入更远离也更接近它本身。在弋舟的文本中，"蓝色叙事"靠近他早年写作所处理的"不触底的幻灭感"，人物形象以青年为主，他们有着静谧的疯狂，正经历从热情走向幻灭，惯于用极端的逃逸甚至死亡来完成某种征服；"灰色叙事"多以中年、老年人为故事主体，这个框架下处理的问题似乎更靠近黑色的死亡，但又不仅限于此，他们的生命状态与遭际更复杂，人暴露于存在真相，领受彷徨于无地的幻灭，幻灭之后，死亡也并非出路，如何进入更驳杂的生活将真正成为生命命题。从《跛足之年》《蝌蚪》等长篇向中短篇的转向，总体上可视为从"蓝色叙事"往"灰色叙事"上的倾斜，作家在更精微的装置上观察人性的色谱。

《金枝夫人》《年轻人》《雪人为什么融化》《凡心已炽》《碎瓷》《怀雨人》等中短篇都位列"蓝色叙事"阵营，故事中人物共有的恹恹气息，像惊惧之后的后遗症，甚或一种保护机制。"血"被放掉了，但新生活仍无从指望，"恹恹"是"被放了血"的难再心动，那些蓝色的年轻人，还没有长大，却已然苍老。《等深》《而黑夜已至》《所有路的尽头》《随园》《出警》《但求杯水》《会游泳的溺水者》等靠近"灰色叙事"这一边，它们的命题有关对孤独的克服，有关绝境之后如何面对生活，有关如何救人与人如何自救，有关追问是什么在日复一日的生活中微茫地崩塌，又是什么在无声的崩塌后徒劳地立起。

但显然，弋舟的写作抵抗着以某种逻辑一以贯之地阐释，我们也很难用具体一点标示这种过渡的完成。如果一定挑一个坐标出来，似乎《刘晓东》更为合适，因为它所拥有的思想密度，因为自《刘晓东》以后，弋舟在一个更为阔大的精神空间里铺展思想的可能。在《刘晓东》中，作家具体地复活了20世纪80年代，他刻画的诗人形象暗示着他对那一年代的复杂态度。我们看到，那种几乎被历史表述抽象化、概念化、线条化的过程，在小说的虚构中得以被耐心擦拭，那个时代的光泽在人与人的故事里，在他们各自复杂幽微的心境中呈现而出。如此说来，小说也有可能接近更为整全的历史真实，至少是心灵真实。

"灰色叙事"的一次极致表达，当属《势不可挡》，它由先锋探索、逻辑合理与人文关怀织就，它叩问：文明将载着人类抵达何处?《势不可挡》目前还是一部被忽略、被低估的小说，弋舟以逻辑真实创造了荒谬世界，让我们看到人类如何以自己创造的文明反噬自身。

　　但人类被技术与文明反噬并非讨论的重点，作家创造出一个人类大踏步后撤反成正义的荒蛮景象，让人不寒而栗。人类文明与思想的退化也许会导向对物质至上的趋附，但《势不可挡》颠覆了这一逻辑，文明的进化将导向对落后的追逐，人类被自己创造的文明所奴役而求取于堕落，落后、无知成为奢侈，引导人类向往一种反向的生活。这一幻想小说构造了如此容易让人滑入的陷阱，它讽刺人类的集体无意识，让我们看到人类作为种群的脆弱。

　　如果用一个词语来概括这个故事，只能是"四列纵队"。这是一个于作家有着特殊意义指向的词语，在弋舟二十余年的写作中，他时不时就要调遣它的出没。但它绝不是一个过场的形式，它有来处。"语出爱因斯坦，当年读到深以为然，直接塑造世界观。"①

---

① 2019年11月18日，笔者微信采访弋舟时的记录。

一个人能够扬扬得意地随着军乐队在四列纵队里行进，单凭这一点就足以使我对他轻视。他所以长了一个大脑，只是出于误会；单单一根脊髓就可以满足他的全部需要了。

作家对文明的反思于此尽现。写作就是作家用思想世界兑现这个现实世界，同时，所呈现的也是周遭世界在如何倒逼他，凝视他。如果为"灰色叙事"寻找唯一动力，那就是孤独，是对孤独的辨析与克服。人要冲破孤独，像一个拳手，面对无物之阵，与空茫搏斗。这也是弋舟为自己设置的难度。

他一再执着于讲述的实在是一个古老的话题。在处理了年轻人的茫然、中年人的恓恓之后，作家多次书写老年人的孤独，老无所依与无名悲怆。在关心"空巢"老人的另一边，弋舟还钟情于某种"无用的忧伤"，这"无用的忧伤"往往落实在某个"胖子"身上。作家看自己笔下的"胖子"总有一种复杂的体谅眼光，他将两种看似不合拍的存在一再捏合，就像《核桃树下金银花》中的"我"与女孩，因为体量的超乎寻常，一种盛世孤独的模样隐约现出。

写作中短篇的难度，是要在有限时空里创造出"百感交集"的瞬间。这些瞬间堆叠的阴影，回头看，可能只是一种况味，甚至沉默。但如果只将写作的旨归归在体贴世事人情可能就小了，小说还能承担什么？要如何去体会文学的真正用意？

打开一个文本有多难，克服难度有如答出生活本身这道题目就有多喜悦。以虚构回应现实，但小说能提供解决方案吗？也许小说不期于为现实提供解决方案。小说的解决方案是让孤独中的人类不至于绝望。叙事里敞开了世相种种，同人物一起穿越那些无物之阵，或许会穿越我们自己人生的困境。活着，但不一定真正地懂得活着，小说会让我们就近尘世。那些"百感交集"之瞬所以动人，因常有"乡愁"气味。"在写作中确认故乡"的说法在阿多诺那里更为具体，他说："写作之于作者，犹如布置房间。正如他在家里把纸、书、铅笔、文件乱七八糟地从一个房间拖到另一个房间那样，他在自己的思想中也会制造同样的杂乱。它们是他的家具，他深坐其中，有时心满意足，有时心烦意乱。他深情地抚摸它们，把它们折腾到筋疲力尽，搅乱它们，重新摆置它们，毁坏它们。"这种与每个字较劲的状态大约就是弋舟写作的常态："从第一个字开始就是瓶颈，这种状态一直要到画下最后一个句号。整个状态就是持续地克服，无所谓姿势好不好看，过去才是关键。"①

写作的内在况味是什么？

是持续地克服，是穿越滞重，而后，轻盈。写小说，倒真的可以看作作家白日做梦。写为作家提供一次逃逸生活的冒险，借由小说，我们也将更接近生活，特别是那些含混的部分。它如琥珀，含住永恒中一个瞬间。写作让记忆中的千军万马呼啸而过终得安宁，它一定是在应和着作家心中情不自禁的部分。在被文字打动、冒犯甚至伤害后回望自己的来路，或将得到和解。

我曾试图用"鲸跃"这一意象靠近诗歌中那些突然降落的重要时刻。语言携带意象一路安然潜行，平静得甚至有些匮乏，但不为我们所见的力量正在安宁之下涌动，它将跃起，给目睹者一次不期的精神震动。在弋舟的短篇中，那些靠近着结局的意外飞升正类似于"鲸跃"时刻，它们

① 转引自周茉：《弋舟：哀恸有时　舞蹈有时》，中国作家网。

要克服自身巨大的沉重而完成短暂飞离，在可以倒数的瞬间里，获得另一种目睹世界的姿势。那种叙事从来没有俯就，它体贴，带着沉重的真挚，是对生活完成认知后的一种理性抒情。

"我静静地望着电视屏幕。舞台上此刻在放飞鸽子。于是，我真的看到群鸟从四面八方飞来，冲破屏幕，布满了我的房间。它们扇动着紫色的羽翼，犹如紫色的大海在无垠的远方与地平线融为一体。"《丁酉故事集》的封面上有一群飞鸟，它们自《会游泳的溺水者》中飞出。一部现实主义作品在结局邀请了现代主义风格，诞生出一群飞鸟想来荒谬，但小说的"鲸跃"恰于此完成。如何于生活中获得反观自己与世界的视角，唯有退后，或者飞升，到达一个离地的高度，亦如"鲸跃"。弋舟获得鲁迅文学奖的《出警》有这样一处细节，无关故事的走向，却让我觉得，它从容地解释了读文学作品、读小说这件事的微妙本身：

本来小吕是要求睡上铺的，他觉得下铺是我应该享受的待遇。但我还是坚持睡了上铺。我觉得在那样一个上不着天、下不着地的高度躺着，人像是

躺在了另外的一个维度里。这能让我有种无从说明
的平静之感。

从我暂住的小岛往曼哈顿去，可以坐缆车，过东
河，挨着皇后区大桥（Ed Koch Queensboro）随缆车升
起，便能日常地获得一次三五分钟的"出离"。被外力
抬升，离开地面，于半空短暂地目睹一座辉煌城市的晨
昏，掠过楼宇和夜晚时飘浮在纽约的灯火，车流人流匆
促地从脚下漫开。眼前流丽确是生活吗？似乎是，又并
非。生活还是那个，但出离时刻目之所及为同一个生
活提示了另一种读法：短暂时间里，一种关于存在的
整全面貌因为目睹位置的变动，隐约诞生。这感觉新
鲜，也似曾相识，从河一端画半圆落在曼岛的弧线如一
个明亮手势，过河的人们被托举在十几平方米封闭空间
里的几分钟，很像一次从现实主义向现代主义飞离又复
归的短暂旅程，宛如阅读，特别是读那些诞生于日常世
俗，又决意奔着某种精神性指望而去的作品，一些被
抬升、被明亮擦拭、被赋予整全视界的瞬间，将抵达
我们。

作为一个"宛如"爱好者，这个词在弋舟的表述中类似一个从空中反手捞起什么的姿势。它的后面，几乎总跟着一个温柔转折。关于读小说这件事，我们确实该为某种抵达心怀感激，即便似乎什么也没有做，却也"给我们平庸的生活窃取到了一场振奋人心的逃逸"，宛如日常里一桩小小奇迹。

到头来，美，是讲不清楚的，讲清了，也就不是美了。关于弋舟的小说，大概也如此吧。

2019 年 12 月 8 日夜

纽约罗岛

　　从我暂住的小岛往曼哈顿去，可以坐缆车，过东河，挨着皇后区大桥（Ed Koch Queensboro）随缆车升起，便能日常地获得一次三五分钟的"出离"。

缆车正泊进曼哈顿夜色。

　　被外力抬升，离开地面，于半空短暂地目睹一座辉煌城市的晨昏，掠过楼宇和夜晚时飘浮在纽约的灯火，车流人流匆促地从脚下漫开。眼前流丽确是生活吗？

隐桥与雾

入夜，于陌生街道忽然望见一扇窄窗，光色流溢，人影绰绰浮游其间。你隐秘地想象着影子主人所历，在自己的行路中出离了片刻。你无法确定看清了什么，但感到某种氛围在降落。这秘密的温情是菲茨杰拉德的瞬间，也是遭遇短篇小说的日常体会。出自阅读与感受的经验，将这夜晚"发光的窄窗"看作作为文体的"短篇小说"：它只占据暗中一隅，小而合宜，释放着有关趣味的气息，沉默地向行路者的目光发出邀请。

而窗子本属于居者。所以，当写作者为他们文学的屋宇安上一扇扇窄窗时，有关作者对自我及文学多个面向的认知——个体意志、道德观念、艺术理念、文类偏倚以及对文学某种整体性的想象——或将浮现其中。窄窗所以被看见，不只因其外部呈现，更在于，有光从内部来。来自内部的光使你想象整个房间与其空间中的时间。审美是这样开始的，它甚至包含对"莫名其妙"状况的耐心和体恤。阅读短篇，也常有类似体验。

当代短篇小说中，弋舟的文本难以也最好不要绕过。

许多窗子曾从弋舟小说中一闪而过：车窗、舷窗、天窗、落地窗，落有水渍的窗玻璃，以及被风吹送着窗帘的瞬间，但这些日常走笔还不具意象的浓度，弋舟是另一意义上"造窄窗的人"。他文学屋宇的外立面上持续地、错落地装置着式样各异的窄窗：或随园之雅静，或赫鲁晓夫楼的整饬，或玻璃幕墙般现代。

他有艺术创造者对才华的自觉，天资与勤奋在他的创作中显出均衡，他孜孜而行，在人群中有时显出沉默，但他的文学创作洋溢着以写作为志业者的谦卑与炽烈。十五六岁时，弋舟发表了人生第一篇文学作品，是在他父亲主编的一份公安内刊上，"好像是一个'实验性'很强的小说，后来应该加进了《跛足之年》的情节里"[1]。因父

---

[1] 2021年9月25日，笔者微信采访弋舟时的记录。

窗子在夜晚发光，这也是我理解的短篇小说。

母接受的教育与工作经历①，弋舟有着家庭式学院派的文学启蒙。他文学写作"严肃的起点"始于长篇小说《跛足之年》②，颇具意味的是，那"其中产生了许多短篇的想法"③。将长篇写作视为"严肃的起点"蕴含着弋舟以文字为志业的自我期许中的那份郑重，他以写作回应写作中意外又自然的馈赠，在长篇的河道中持续地穿进短篇的岔口，不断进入并创造新的风景。二十余年的持续写作，弋舟百余部中短篇已构成其别具意味的美学空间。尽管都是虚构性创作，但"长篇"与"短篇"几乎分属两个物种，它们的营造遵循两套艺术逻辑。短篇着意于在有限体量中建筑丰饶，它不得不在意余韵，对读者而言，情绪的波纹常荡漾于掩卷之后。

笔者曾论及不同文本中桥段甚至人物姓名重叠的可能

---

① "我的父母是兰州大学中文系'文革'前学生，和雷达先生田中禾先生是同班同学。母亲退休在甘肃政法学院，父亲退休在陕西省公安厅。"2021年9月30日，笔者微信采访弋舟时的记录。

② 《跛足之年》是笔者目前所见弋舟留存最早的小说文本。从作家发予笔者的小说电子版定稿落款看，这部长篇小说第一稿完成于1999年11月19日，定稿于戊子年（2008年）冬至，正式出版于2009年年初。

③ 2021年9月25日，笔者微信采访弋舟时的记录。

原因。① 在弋舟这里，对相似情绪与气氛的不断返回与打磨是作者并不回避的"情不自禁"，"重写"的发生意味并映照着他某种近乎"顽固"的审美取向与感受方式，风格在这里发生，同时，误读甚至遮蔽也从这里开始。在《跛足之年》《怀雨人》式的青春残酷物语回忆，《出警》《平行》式的城市边缘人群生存方式记录，《等深》《而黑夜已至》《所有路的尽头》式的现代知识分子思想境况观察，《随园》《隐疾》式的独立女性生命状态细描之外，弋舟写下多部拥有丰富情感层次与想象力细节的短篇，它们奇诡而清绝，难以被粗线条地归类，亦是被较少讨论的偏僻之作。

《桥》即为一篇。

一、从"桥"到"隐桥"：小说机杼的隐现

短篇小说《桥》写于 2006 年，次年 9 月发表在《文

---

① 详见本书第一篇文章，初发表于《作品》2020年第1期。原定名""失序者'的出离与复归"，发表时更名"弋舟论"，本书采用原定名。

学界》上。在这个故事里，弋舟创造了与他惯性书写中的现代都市生活图景相距遥远的一段时空。将其置于作家二十余年的创作轨迹中察看，《桥》也甚为殊异。

> 胜利在即，革命军摧枯拉朽般地一路凯歌。但是战局却发生了突变，看起来似乎已经是强弩之末的敌军得到了意外的增援，这支援军从背后向革命军的大本营逼近——而革命军在前方获得的优势是以背后的空虚防卫换取的。在一派恐慌当中，最高指挥者突然想起，在敌军意图突破的那个脆弱地带，刚刚有一支革命军奉命抵达了那里。
>
> 眼下，这支几乎不在作战序列里的部队，却成了决定这场战争胜败的决定因素。[1]

交代事由的前两百字，密不透风，小说在起首处便呈低气压状。它释放着一种不明的、时时耸动的紧张与荒诞，恍惚、凝重、不安于雾气中弥漫。《桥》是一篇高密

---

[1] 弋舟：《桥》，首发于《文学界（原创版）》2007年第9期。

度短篇小说，在一万三千余字的篇幅里作者设置了三条主线：一位不见面目但似乎执掌全局的革命元勋（父亲），与一位疲苶甚或虚弱的团长（儿子），在战争的另一层空间中被某种权力的隐线牵制，它放大着这位"并没有经过实战检验的军事长官"如何指挥一支队伍并在枪林弹雨中时时出离，他解构战争与死亡；连延炮火之外，部队与民协既联合又斗争的关系，将战争的复杂层次与意外因素于微处呈现；"元熙先生"是小说中的"他者"，是部队与民协之间的"筹码"，某种意义上，他还是"父亲"的反转镜像与"儿子"的隐秘偶像。

当整个战争胜败的棋子落在这支本是作战序列之外的队伍上时，团长放弃了本可争取时间的"隐桥"，而命令军士在连日奔袭之后建造一座新桥。这并非战术上的出其不意，而几乎是颓废之士的一意孤行。小说的结尾落在团长那封未曾发出的电报上："向着伟大的胜利，前进！"如一句反讽的谶语，团长带着他的人马，向着伟大的失败，前进。

《桥》叙写了一场失败者的"伟业"，这是一次战役的失败与一场个人意志的胜利。作为一支"奇兵"，团长率领的军士必须争取足够时间先于对手抵达要地，才有扭转战局的可能。他们本可"驭风而行，漂浮在一片虚妄的逝水之上"般于天时地利中获得先机，但元熙先生对团长的一番话点醒梦中人，强化了他的固执，团长要他的队伍"堂堂正正地渡过河去，走向伟大的胜利……"

《桥》像一个传说，像一个没有影子的遥远传言。

在实现这"堂堂正正"的过程中，"梦幻般的消极情绪"萦绕其间，一种异样的惆怅与虚弱的匮乏在战争题材的写作中剑走偏锋，但它确乎接近着生死攸关的极端处境中人可能遭遇的惊奇与恍惚。这部短篇暧昧多义，充满被理解的层次，胜利与失败、集体与个人、手段与目的、显在与隐现，《桥》内在地设置了多重矛盾，并婉转呈现其流动过程。

《桥》中存在两座"桥"：一是随季节的水位或隐或现、逝水之中的玄秘存在；一是团长"堂堂正正"的意志、"伟大胜利"的前提，也是孤勇甚或鲁愚的代价。而这两座"桥"在弋舟写作中亦为具有方法论意义的小说机杼。两座"桥"是背景也是场景，是装置也是机关，是这篇小说的叙事动力与叙事核。桥的存在，有关于其为何建筑与通向哪里的问题，写作如造桥，亦如过桥。在这个意义上，"桥"与文学互文。

短篇写作是一种"倒计时"写作，从一开始，发条便作响了。弋舟将一个中篇甚至小长篇的复杂丰蕴置于短篇的体量中，密密匝匝的叙事带出的却是切肤的疏离，故事及叙事使我们不断落入怔忪之中，滑入某种平稳而安静的绝望。正是人物的情绪方式与整个故事场景，制造了这样间离而浸入的审美效果。《桥》写战争中的"驰援"与"死亡"，是战争题材书写及弋舟文本中具有特别气味的一篇，而在中国当代短篇小说流脉中，《桥》似乎有其特别致意的对象——格非的《迷舟》，一篇已经典化的先锋文学短篇佳作。

在"战争"这一特定情境中，格非与弋舟分别创造了两个"抽离"于巨大现实、严酷现实、急迫现实的人，他们是两个"置身世外"的人。一般意义上的出离不具备如此戏剧张力，而他们，在握有兵权的同时，是"战争"中的游离者、恍惚者与异类。《迷舟》与《桥》均聚焦战争疾风骤雨之中及之外的部分，写出了一个空间内部的两种时间，这两种向度所构成的环境张力与情感张力，一边是现实极度的压迫，一边是人性极度的舒展。而在现实压力之下，具体个人的舒展与游离，是弋舟笔下诸多人物共有的精神气质。作家对某种气质类型的偏好极有可能确认于其美学认知的初期。在我看来，这篇十五年前的短篇作品是弋舟对格非小说艺术着迷的一次表白，从故事的背景设定、语言方式到氛围营造，《桥》深谙且一定程度遵循着《迷舟》的美学主张。

"我极有可能错过这位前辈，并且因此极有可能会更加地迷恋余华和苏童，从而令自己的审美缺少了某一部分重要的面向——那种迷离与惝恍，还有极富智性的格调。"[1] 显然，弋舟是在先锋文学的浸润中识别出那种具有特别气息的美学气质——"迷离与惝恍，还有极富智性的格调"，它不同于苏童暗色的、温和又锋利的现代优雅，亦不同于余华俭省的语言、抒情与黑色幽默并行的张力美学，他看见了格非小说中迷蒙的雾气与其中的隐约光亮。某种意义上，"隐桥"与"迷舟"是有着相似美学结构、共享着美学风格的景致。弋舟从格非这里确认气息并着迷于不断

---

[1] 弋舟：《重返时间的怀抱——〈望春风〉阅读札记》，载《湖南文学》2016年第11期。

穿越自我的雾中风景。

　　写作者有勇武，盖因写是坦白，甚或暴露。文本是作家隐秘的情绪档案，或是他们对人类情感所完成的一次次归档。大部分从事创造性工作的人都处于对"影响的焦虑"的持续克服中，在弋舟这里，"影响"与其说构成"焦虑"，不如说，对前辈的指认催化了他对自我的发现，这条影响的延长线可追至鲁迅、施蛰存与茅盾[1]，又及纳博科夫、安妮·普鲁与保罗·奥斯特[2]。弋舟对粗粝有种芥蒂，力图文笔细密；他向往思想的力度，在形式美与思考力之间求取平衡；他在文本中不断创造艺术的直角与曲面，从而获得稳定、精密、具有立体层次的美。

　　所有的"求取"都在克服，写作是写作者臣服于重力又克服重力，臣服于自我又克服自我的努力。所有创作者都在克服，克服他者杰作投下的巨大影子，亦克服自己往日的得意之作——它们如同山在自己身上投下的巨大影子。写作者永恒地"向着伟大的未知，前进"，其中凭借，即为

---

① "我喜欢茅盾《霜叶红于二月花》。"2021年9月10日，笔者微信采访弋舟时的记录。

② 2021年9月10日，笔者微信采访弋舟时的记录。

066

借以观察写作内部的机杼。

> 　　你只是在勤奋地记录，没有哲学野心，不过是
> 给这凌乱的世界定定位，本着与之建立起一道桥梁的
> 恳切。……何况，当我耽于这样的记录时，更多的动
> 机是出自：遁离。我所做的，不过是给自己整理出一
> 份索引，按图索骥，好让自己逃逸到世界的背面。①

　　弋舟在中篇小说《怀雨人》中这样写下，如同作家一
个时段的写作告白。"桥"是介入现实的需要，而"遁离"
与此并不违和，它是世界观，也是趣味方向。编织文本需
要艺术化的技术，但阅读绝不是对技术的拆解。文学写作
在本质上追求着某一种"诗"，它必定是含混的，拒绝被斩
钉截铁地、单向度地框定，让文本被庖丁解牛般还原到骨
骼与纤维，或许亦为某种误解。文学以及其他艺术门类的
作品若可被技术化地解析，解读者已将（或于无意）艺术
视为理念的装载，这贬低着（或于无意）创造中不可解的、

---

① 弋舟：《怀雨人》，首发于《人民文学》2011年第3期。

偶然的、充满灵蕴的质素。"归纳"之于艺术，带来的事切割与窄化，是以预设的理念整理文本。而艺术的目的在唤醒、在召集，他们等待的，是凝神与差异性感受的到达。弋舟在写作《桥》时，已将对文学的宽阔理解内置于文本的叙事与结构，而他的文学象限，建立于他整体的艺术坐标系。

弋舟毕业于美术学院，"学艺术似乎不是一个'为什么'的选项，因为从小就被往那个方向塑造了"①。如果说写作依赖灵感，绘画无疑更接近艺术创作中偏向"工作"的一端，因为绘画始终以艺术的具体工作方式为前提。绘画的专业训练带给弋舟关于创造更为具体的"工作"方式。当艺术创造内含"工作"的属性，即从本质上规定着创造者对所创造之物事的理解，灵感之外，还有日复一日的劳作与规定性在其中。弋舟的画作不像他的小说文本那样为人所知，但若见到这些作品，则极有可能对着他另一种艺术形式的创造发出感叹。

在为田耳小说《一天》所绘的水彩插图中，五幅画作

---

① 2019年11月26日，笔者微信采访弋舟时的记录。

弋舟

《一天》插图

2021 年

弋舟

《一天》插图

2021 年

弋舟

《一天》插图

2021 年

弋舟

《一天》插图

2021 年

弋舟

《一天》插图

2021 年

弋舟

K- 井 2019-001

2019 年

弋舟

K- 井 2019-002

2019 年

弋舟

K- 井 2019-003

2019 年

弋舟

K- 井 2019-004

2019 年

以弥散的棕灰调色彩充满细节地处理着小说的关键情节，而画家更为着意的，是故事的情绪与浸润其上的氛围。画中人物轮廓多以留白勾勒，几无线条，色彩的浓淡与过渡呈现着场面的张力与人的精神状况。若不注明画者，大概很难想象它们出自一位以小说为志业的文字工作者。弋舟像是在创造两个平行世界，而几乎不在一种艺术创造中泄露关于另一种创造的秘密。他拥有创作的克制与自觉，认领限度，在两种专业间并不逾越。

画家弋舟另一序列的作品部分地收在他的短篇小说集《丙申故事集》中。那是一帧帧小品画，着墨处往往不及留白多，意趣盎然。但显然，观者难以在短时内识别其中形象究竟表达着什么，它们不约而同地具有某种疏淡的意味，但构成"意味"的"意象"分属开合度极大的形象序列。譬如，悬浮于空中的葡萄、鲁迅式的胡子、八爪鱼的触手、西方男人雕塑般的侧脸，这些毫不相干的元素一齐沉没在地平面下，画家究竟要表达什么？即便一时不解，也会感到他在召唤目睹，静观，缓慢下来，思索片刻。

这些画作透出静气，同时洋溢着奇幻鬼魅，画家有着某种强烈的意图，但画作释放的信息之一确是警惕被单一观念规定，拒绝你在短时内完成认知的动作。而恰恰是延宕的发生，对记忆的不断重返，创造着美。从弋舟的绘画里，文学读者得以更为视觉化地、具象地感受他意念世界在现实（物质材料与具体形象）中的投射，但同时，他的画作又在消解主义：跟随眼见，听从形象与文字本身的流动与指引，去往未知。

弋舟画作作为整体的形式是古典的，但细部处处现代。"现在看，我对古典艺术与现代艺术，有一个非常均衡的喜爱，两者没有任何一方占据丝毫的上风。"均衡，也是他的写作所含有的美感。弋舟的短篇小说仿佛内置"平衡木"，在现实与虚构、故事与叙事、情节与情绪的流动之间，他总能轻逸地靠近一种"合适的平衡"。或许，其他门类的艺术感受与表达增益着他对文字，甚至对幻觉的体悟与呈现。

理性地认知文本，厘清其文化资源与趣味取向是理解一位作家的重要面向。弋舟的小说文本中，其实难以见出他作为画家部分的"专业"，这或许意味着，他力图在专门领域分门别类地、专业地做事。在写作时，他似乎刻意与另一部分专业保持距离，不轻易诉诸某种凭借。正如同，画家身份是他作为作家的一座"隐桥"，本可有所凭借越过逝水，但他选择以文字再造一桥。

二、长颈女人：逃逸，去往现代生活

弋舟中意维也纳分离派的古斯塔夫·克里姆特与埃贡·席勒，亦对意大利画家阿米地奥·莫迪里阿尼偏爱有加。如果说，弋舟小说中的诸多男性接近着席勒自画像中傲慢且哀矜的神情，那么他笔下的女性，则多怀带莫迪里阿尼画中女人顾长的脖颈与鼻梁、悠然微颔的神色以及蔚蓝色眼睛中的雾气。弋舟写下过数位"长发雪颈，杏眼黛眉"，透出"无辜的脆弱的美"，"有些焦灼，有些似是而非的绝望"的女人，若为她们的面孔寻找模样，可能就在莫迪里阿尼的画中。她们有淡蓝色充满荫翳的眼睛，从那里望出的世界，一定雾气弥漫。莫迪里阿尼笔下的男人谨慎而矜持，有一张张较为鲜明的犹太面孔，他笔下的女人相比就舒展得多。

弋舟笔下的诸多女性，不只舒展，她们还镇静、强韧、刚健，她们在筋疲力尽的被损耗（或身体或精神）之上，从内部积聚力量，走向自我的轻盈与丰盛。以弋舟短篇小说中的女性形象为观察对象，并非强调作家似乎显而易见的写作特点——长于书写女性，这样的表述已沦为同质化标签，实为削减作家的丰富与辨识度，有时甚至是误解和冒犯写作本身。恰恰相反，弋舟创造的女性形象所以被识别，是因她们的具体处境，是因她们在流动关系中与他人及自我相处的生命状态。

弋舟的长篇《跛足之年》《蝌蚪》，中短篇《刘晓东》三部曲及《桥》《出警》《平行》《安静的先生》《谁是拉飞驰》《赖印》《有时候，姓虞的会成为多数》等文本，以不同年龄阶段的男性为主人公展开故事，叙事动力聚焦于"他们"的生存境遇；在长篇《巴格达斜阳》，中短篇《我主持圆通寺一个下午》《空调上的婴儿》《会游泳的溺水者》《但求杯水》等文本中，女性人物逐一登场，和男性序列小说具有区别度的是，作者确以情感为延长线，或以男性目光的注视为参照系，将女性的生命体验与意志置于生活场中细察。

《隐疾》《随园》《瀑布守门人》是弋舟处理都市生活中，女性正处在具体生命难度里的三个短篇，亦是笔者尤

阿米地奥·莫迪里阿尼

《戴宽边帽的珍妮》

Portrait of a Woman Jeanne Hébuterne in Large Hat

1918 年

为喜爱的。这三篇有着隐秘关联的短篇创作，时间跨度逾十年，"小转子"（《隐疾》主人公）、"杨洁"（《随园》主人公）与"郭老师"（《瀑布守门人》主人公）都"有病在身"，都有着莫迪里阿尼画中女人类似的面容与神情，她们脖颈颀长，得以在人群中安静地环顾，她们都有一张"桀骜不驯又怅然若失的脸"。

《隐疾》发表于《上海文学》2010年第1期。老康①是"我"的大学同学，小转子是他年轻时的恋人后来的妻子。大学二年级时老康曾带"我"去小转子家玩儿，她周身洋溢着天真的勇武。

　　我觉得，她的容貌有种天然的倨傲，仰着头，鼻梁很高，大大的、软弱无力的眼睛似乎对一切熟视无睹——小转子是近视眼；当年她剪着一个短短的娃娃头，在我眼里，她不知是像一个娇小姐呢，还是像一个乡下小伙子。

---

① "老康"也是弋舟长篇小说《跛足之年》主人公的名字。

两年后老康与小转子来兰城旅行，夜晚叙旧时"我"目睹小转子的"隐疾"——梦游症。数年后，小转子驾越野车只身来到兰城，请"我"陪她去看草原，以兑现此前的邀约。

> 我们驱车进入了草原。远处的云垂挂在天边，给人以某种狂妄的冲动，似乎加大马力，就可以冲进它的怀抱，和天上的事物融为一体。

请记住这份"和天上的事物融为一体"的冲动，十年后，弋舟将再走笔于此。这段旅行，小转子在"睡眠中"不断"清醒"，而我在"失眠中"不断"睡去"。她是否患病"不得而知"，但这"隐疾"成为一曲梦游者之歌，它是磊落的小转子对投机的老康的惩罚，也是一位康健者对社会病灶的刺破。《隐疾》是弋舟较早关涉"女性"与"疾病"关系的文本，它提出一种假设："疾病"是否能成为女性（以及人类）与世界产生更深联结的媒介？

《随园》2016年5月发表于《收获》，是弋舟最广为流传的短篇之一。杨洁在乳腺癌术后由老王陪同，穿越戈壁去看望曾经的老师与情人薛子仪。一路上，她回忆自己如何一再被生活"劝退"。途中杨洁"十望雪山"，在最终目睹并送别薛子仪后，她也与自己的生活和解。

《瀑布守门人》写于 2021 年。从开头第一句始，"我"与郭老师的关系就格外需要读者分辨。"我"和郭老师是夫妻？情侣？闺蜜？为什么会产生这些跨越性别的关系想象？作家是否在有意制造模糊？

一时无法准确定位唤起的，是对社会身份下具体个人——作为他或她的重新认知。人物关系是在叙事中逐渐明晰的。郭老师与"我"实为母女，辨认之后，读者将获得理解这一种"母女关系"的新目光，以及人在社会关系中可能拥有的多种位置。是什么造成了一开始想象关系的模糊？首先来自"我"对她的称呼——郭老师，这意味我们之间存在某种必要的平视的"距离"，至亲关系有了被置于社会关系中打量的目光方向，而人对亲密的人，往往是难以客观整全认识的。

　　一直以来，对于郭老师我还是很服气的。她从
来都不高估自己，只把任性而为的特权行使在我们

母女的关系之间。我对自己的儿子提及姥姥时，不免总是强调郭老师的特立与独行，乃至还有自知与勇敢。她在中学教语文，却对天文很感兴趣，毕生仰望星空，积累下不少的心得；很早的时候，除了我，她就举目无亲了；如果有足够的钱，退休后，她一定会只身去周游世界；她既不愿意高估世界的善意，也不愿意高估自己耐受恶意的能力。这些美德，都足以拿来教诲家族的后辈。①

夜色温柔。"我"离婚数年，工作并不顺心，将儿子暂时托管给前夫后，前往丽江对郭老师进行"驰援"，因为郭老师丢了手机，欠下住宿费。暗夜中我们在民宿露台上聊天，对话与"我"的回忆中，一种母女关系及两位女性的生命状态渐次展开。与进入婚姻、生育这些生命的自然段落，个人成长的可能性趋于零落的大部分中年女性不同，郭老师被性格主导的生命状态总是带着灿烂的调性，她从容悠游，如雪山下盛放的花朵，鲜艳张扬，又拥有一种兀

① 笔者写作本文时，《瀑布守门人》未发表，笔者所见版本为弋舟发来的电子文档。

自镇静。

弋舟在《随园》中曾带过一笔"地铁菩萨"，那位有着"凛然的勇气和怒放的自我"的擦肩者一定是郭老师的姊妹。作家调遣"地铁菩萨""中途天使"出没，为他的故事主人公带来"拯救瞬间"，萍水相逢的匆匆路人因为目睹着她们的生命状态而获得穿越困境的定力和从容，这好像奇迹，但奇迹在日常就这样发生了。是作者注视女性的目光使她们在社会与日常生活逻辑中的格格不入成为理所当然，"有些女人永远不可败坏，永远以一种姿态存在"，小转子、杨洁、郭老师如此，弋舟长篇与中短篇中的一众女性，丛好、阿莫、莫莉、徐果、徐未、逗号、马袖、倪裳、杨如意、毛萍，莫不亦然。

尽管"我"与郭老师都未被生活善待，但显然，我们有着虚构生活的勇气。哪怕是从生活的此岸望向对岸的海市蜃楼，我们依然被某种深情的指望所托举，开朗而自在。像海明威所说的，"按你自己的方式生活"。"我"对郭老师的驰援后来被证明是她有意安排，她为了"我"的姻缘，也为寻找恰当时机以告知她的病情，更为了有人一道去目睹天空的"瀑布"。她邀请"我"去泸沽湖边看今年最后一场流星雨，以成为那宇宙的"瀑布守门人"。

是为告别吗？或许是为开始。

郭老师，这位特立独行的女性，要做以天为幕、以流星为瀑布的这天地之间穹宇的守门人。她以此为仪式，似在告别往日明艳，又像在告别明艳之下更深处只属于自我的溃败，而向着另一处开朗再出发。这是郭老师的行动，亦是作为母亲的郭老师对作为女儿的"我"的启示。她们是"在路上"的女性，她们要进入草原、进入荒漠、进入天地，她们的生命状态有如夏加尔画之飞扬，飞离地表，浸入梦境。

"驰援"是弋舟小说的关键词之一。驰，凭借某种交通工具而去往哪里，是带着速度的一个个瞬间。援，以手牵引，以手施爱，是情谊。"驰援"作为隐在的叙事核，在弋舟的文本中创造过此起彼伏的细节与段落。《隐疾》与《瀑布守门人》中的"我"，《随园》中的老王，都承担过一段对女性的护送任务，同时，他们也在目睹。三个故事中都有男女协同作战般的战友关系，"革命友谊"荡漾在他们对任务的共同执行中。而当提及"女人"时，"女性"甚或"女权"作为惯性思维很容易将男女关系置于对立中，好像戏剧张力只能由此诞生。但弋舟这一序列的写作使男女进入了某种平滑甚至柔顺的关系状态，男女之间超越友情亦超越爱情的情谊，拓展的实为人际关系之复杂与丰盛。在短篇《会游泳的溺水者》中，"我"与宋宇，亦类似战友，一种于暗处流淌的相助使整个文本弥漫困境中有所依附的美好气息。

《瀑布守门人》《随园》与《隐疾》都有对类似"戈壁腹地""祁连山下"，个体人类置身亘古意味旷野中的某种呼应。郭老师、杨洁与小转子都有"病"在身，甚至在某一刻她们已与"死亡"照面，但这些女性又比谁都刚健有韧性，勇敢且光耀，洋溢着自在的生命元气。

作者没有让命运中悲惨的部分成为不幸，而将其处理为人确立自我主体性的必要克服。她们是生于天地而要去看"宇宙"的人，是在大天地间确认自我的人，这样的女性，冥冥之中，要肩住宇宙落在人类身上的一个奇迹。她们身上漫射着人性美丽的强韧的哀矜，对人类，对自己。这一个个病女子，在接近人类的伟丽。如此女子，似乎是鲁迅先生《颓败线的颤动》中独行于荒野的女人的遥远亲族。[1]

《随园》的尾声，在杨洁进入薛子仪的园子而被两位女孩的交头接耳忽然唤起"恶心"时，她脑海中闪过马赛克般拼接的记忆，最后落在了"那位地铁里的菩萨威严地望着我，她给了我勇气"。在《瀑布守门人》的结尾，郭老师的前夫、"我"的父亲也奔赴而来，一种罕见的家庭关系带来的罕见温暖布朗运动般到来：

_____

[1]　鲁迅先生在《颓败线的颤动》中创造了这样一个女性形象：

"她在深夜中尽走，一直走到无边的荒野；四面都是荒野，头上只有高天，并无一个虫鸟飞过。她赤身露体地，石像似的站在荒野的中央，于一刹那间照见过往的一切：饥饿，苦痛，惊异，羞辱，欢欣，于是发抖；害苦，委屈，带累，于是痉挛；杀，于是平静。……又于一刹那间将一切并合：眷念与决绝，爱抚与复仇，养育与歼除，祝福与咒诅……。她于是举两手尽量向天，口唇间漏出人与兽的，非人间所有，所以无词的言语。

"当她说出无词的言语时，她那伟大如石像，然而已经荒废的，颓败的身躯的全面都颤动了。这颤动点点如鱼鳞，每一鳞都起伏如沸水在烈火上；空中也即刻一同振颤，仿佛暴风雨中的荒海的波涛。

"她于是抬起眼睛向着天空，并无词的言语也沉默尽绝，惟有颤动，辐射若太阳光，使空中的波涛立刻回旋，如遭飓风，汹涌奔腾于无边的荒野。"

这个践约者，坏家伙，从奔放而泥泞的生命中跋涉出来，拜衰老所赐，于长久渴求的不安和不安的渴求中解放了自己，如今，他来奔赴一场观摩宇宙高潮的邀约。现在，他是这个世界上的一个平静的人，一个忠诚的人，一个纯洁的、做完游戏后往家跑的小孩。

我很想就这样站在窗口一动不动地看下去，并且想象着自己有朝一日也能这样回家。不需要谁给我集齐七颗龙珠，一切都将是无条件的，只要你终于摆脱掉了那沼泽一般蒸腾的、因为恐惧而不得不求生般挣扎的热欲。可我还是转身下楼了，去迎接我那风尘仆仆的、迟到了的父亲。[①]

因此，笔者愿将《隐疾》《随园》《瀑布守门人》视为弋舟短篇小说中同一序列之作，它们以相似的深情和语调，面向那些无法逃遁而落入虚空，但永向光明的女性。一个人的明面、暗面以及晦暗不明的地带在他者的凝视中逐渐

---

① 笔者写作本文时，《瀑布守门人》未发表，笔者所见版本为弋舟发来的电子文档。

显出情感的层次。弋舟在建筑"她们"的过程中建筑着他所中意的美学气氛。

她们是"太阳晒熟的美果，月亮养成的宝贝"。她们在被捆缚的现实中自觉地争取更大的自由。小转子、杨洁、郭老师有着莫迪里阿尼画作中女人的面容与神思：她们戴一顶宽檐帽，鼻梁和脖颈颀长，那里似乎有可供忧愁与坚韧途经的足够长的路迹；她们的嘴唇轮廓立体，含住秘密；她们的眼眸中呈现淡蓝色，有雾从中升起。她们都有目的地，要穿过大雾，去往那里。她们从因循中挣脱，某种意义上，她们选择"现代生活"。

"现代生活"不只意味居住于城市。城市建筑是"现代生活"的表象，居住其中，人的生活方式与情感结构是否也同样现代呢？现代生活内在地预设了对"现代性"的想象，它带来新的生命存在方式与情感结构，因而内含着生活方式（物质生活与精神生活）、情感方式、人际关系（家庭关系与社会关系／熟人社会与陌生人社会）的现代性。观察中国当代作家对城市生活的书写，要置于中国具体的城市化进程与语境中。弋舟对人之现代性的凝视，"长颈女人"为面向之一，此外，他还聚焦现实，叙写城市化进程中人的处境，现代空间如何塑造人的状态以及人在现代化的失控加速中如何安放自身。这些对人类处境命题的思考，某种意义上，拓展并具化着对"现代"的想象。

《雪人为什么融化》由网络聊天开始，将"风险社会"中的残酷世相与生存法则展现出来；《有时候，姓虞的会成为多数》叙写城市化进程中的"城中村"寄居者，这些外来打工人在万家灯火中常有"旷野无人"的体会，物理原址的消失或远离是否将带来新生？《我们的底牌》以拆迁之后家庭的利益分配矛盾为原点，讲述人如何挣脱毫无温情的原生家庭。

一种习焉不察的生存背景成为故事的前景，依然陌生的现代化结果作为过程被虚构讲述。

在这些作品中，弋舟以相近语调处理着另一些属于"现代"的问题，他关心现代化进程中被"甩"出去的人。都市生活不仅是摩登的日常——去咖啡馆与人聊天或在机场等候延误航班，都市生活理应包含现代化进程中的"阵痛"投射在具体家庭与个人生活内部时，那些不得不面对、不得不承受的生命之重。而这些，不常被"都市生活""现代生活"所看见。写作的难度之一，或在于写作者的目光如何抵达自身以外，看见并回应他者。当写作者不满足于进行抒情性的自我抚慰与制造幻觉，写作方才可能进入与"无数的远方与人们"发生共振的时刻。

何为"现代"，《缓刑》与《势不可挡》中还有别样想象。

航班全面延误的飞机场内，行将离异（"离婚"作为背景出现在弋舟多篇小说中，这也是现代生活的常态）的男女带着女儿即将开始最后一次家庭旅行，低气压中，"战争"又爆发了。女儿指挥着新买来的"机械战警"，于封闭机场内与他们逐渐走散。而这"漂亮的小女孩"几乎是以敏感的沉默洞察着大人们欲盖弥彰的一切。在远离父母的路途中，她起先偶遇自以为是、鲁莽突兀的小男孩，性别关系在操作一件玩具上有所隐喻。继而她又将自己置于贵宾室中灰白胡子男人的视线里，一个幼小儿童用她自知的美丽有意地换取并最终迷失于封闭机场中更密闭的一处角落，她听到父母的紧急呼叫，但无从亦无力动身。"那撮修剪得非常齐整的、灰白色的胡子"继而浮现于玻璃幕墙上。

弋舟以闪烁金属光色的语言从困局中窥视小女孩如何丢失玩具，又如何"顺理成章"地陷落于他者与她"合谋"

爱德华·霍普

《自动售货机》

Automat

1927 年

的陷阱之中。"漂亮的小女孩"某种意义上成为人类的缩影——拥有智慧，但被自以为是的小聪明反噬。风险埋伏于日常，伺机而行。这是一部残酷短篇，读者将时时体会丧失的发生，小女孩是被解救还是被戕害不可预料。

《缓刑》中，作者埋下一处"倒立"①，这个他赋予了特别内涵的动作的出现是整个短篇中唯一明亮的瞬间。在机

①《缓刑》中有这样一段关于"倒立"的描述："途中她看到了一个贴着柱子做倒立的女人，T恤垂在胸口，露出一截肌肉分明的小腹，那姿势好像她拥有某项特权，表明在这个巨大的屋檐下，在被判了缓刑的人群中，只有她获得了赦免似的。出于一个小女孩必然会有的好奇心，漂亮的小女孩在女人身边停了片刻，并且歪下头向空中看，尝试着体验这个女人翻转的视域。她看到候机厅高耸的穹顶就像是一根根粗大的鲸鱼肋骨。还有几次，开着电瓶车的机场保安从她身边经过，她都摊着手，装作若无其事地看向了一边，她似乎意识到了点儿什么，似乎也感觉到了，作为一个漂亮的小女孩，独自在这座巨型建筑里四处游荡，有那么一点点的不妥。"

在《隐疾》中，小转子也曾倒立："我枕着自己的胳膊，看着小转子以一个中年女人罕见的敏捷在草地上打起了倒立。她将自己颠倒了过来，头发笔直地垂向地面，眼镜跌落在一边，就这么一动不动地坚持着，犹如被一枚隐形的钉子倒挂在空中。

"世界仿佛凝固了，水面上漂浮的野鸟，倒立的女人，远处的雪山，经幡，甚至煨桑升起的青烟和遍布一面山坡的羊群，全部纹丝不动。一切如此漫长，一切似乎永无止境。在这种超现实主义绘画般的风景中，我不知不觉地酣睡过去了，如同昏死一般。"

107

场中倒立的女人让人想起《隐疾》中的小转子，她们以轻盈的姿势反向克服重力，从另一方向看见世界，周遭因而被置于另一种空间中，和此下隔开距离。她们将自己暂时颠倒，从某个具体处境跳脱而出，以此克服因循，获得重新打量并体验世界的可能。那倒立的女人似乎是偌大机场唯一可以搭救小女孩的"地铁菩萨"，但她们彼此错过。

《势不可挡》写于2017年，故事描绘了一个"十年之后"的"新世界"。人工智能的极速发展使人类文明以溃败的方式进行加速度运动，在一个"难度被磨平"因而"价值弥散"的社会，一切以颓然的态势发生，人类的千年文明大厦在极短时间内垮塌了。故事发生在一片荒芜厂区里，一群昔日的艺术家集结在"首领"杜英姿身边，曾为修鞋匠的她夜以继日地用双手磨着螺纹钢，摄影家罗旭用快门定格了她劳作的一刻：

> 即便以一个旧时代摄影家的眼光来看，那双手和那根螺纹钢所共同构成的美学价值，它们运动的轨迹，都极具象征性的意味——它们独立于一切逻辑之外，甚至可以脱离物理世界的拘圈，自身便构

成一个抽象而崇高的概念。

杜英姿也因此被成功"造神",成为"主任"。废弃工厂内发生的完全有悖伦理与常情,它以文明的反面为"新文明"确立标尺。在冷漠的、失去情绪的世界里,人类的"欲望、恐惧、欢喜和烦恼"成为稀缺之物。杜英姿如"蜂后"般吸引着男性"工蜂"前往小车间,在一次夜晚未归之后,"我"的丈夫庞博与杜英姿"私奔"了,"我"被罗旭再一次"造神",成为新的"主任"。

这样一个在复述中尽显荒谬的故事在作者的书写中却逻辑合理,充满隐喻之力。这位以现实主义书写见长的小说家在《势不可挡》中避开寻常思维,以鬼魅但自洽的逻辑创造了一个价值观颠倒混乱的人间段落,整个故事弥漫着"黄雀在后"的气氛。与《缓刑》相似的是,《势不可挡》也暗含人类被"文明"反噬的故事内核,我曾在论述弋舟小说的另一篇文章里辨析过这一充满悖论的现实:"人类被自己创造的文明所奴役而求取于堕落,落后、无知成为奢侈,引导人类向往一种反向的生活。这一幻想小说构造了如此容易让人滑入的陷阱,它讽刺人类的集体无意识,让我们看到人类作为种群的脆弱。"① 这是作家对天然正义的"进步论"的再反思，也是对被技术钳制的现代生活"美好想象"的当头棒喝，更是对人性之复杂、幽微、矛盾之深度与广度的一次恣肆想象。一切发生在废弃工厂的小车间里，一切仿佛发生在人类末日的荒凉舞台上。

在车上（《隐疾》《随园》）、在民宿（《瀑布守门人》《摇摆鼓楼》）、在咖啡馆（《等深》《而黑夜已至》《所有路的尽头》）、在西餐厅（《雪人为什么融化》），弋舟为日常的发生看似平常地选择了这些地点。它们如爱德华·霍普画中的场景，是弥漫画中人气质的空间，是情绪流动的场域，是日常而又绝非日常的光的驻留地。这些空间将随故事的发展而被逐渐抬升，它们不仅与情节有关，还与人物想象现代以及文明的方式有关。在《雪人为什么融化》中，这样的地点曾借"我"之口被提及："我想，红酒牛排，餐巾刀叉，这些玩意儿多少会抵消一些暴戾之气。"弋舟还有一个名为《蒂森克虏伯之夜》的短篇，他也以此为小说集命名，可见这名字是作者心仪之选。"蒂森克虏伯"为何？

---

① 见本书《"失序者"的出离与复归》一文。

爱德华·霍普

《咖啡厅中的阳光》

Sunlight in a Cafeteria

1958 年

念出来便会知晓，Decent Club，"体面俱乐部"：

　　——这几个字的音韵，乃至笔画，每每念及，都让包小强有种过电的感觉。什么意思呢？在他心里，这几个字囊括了一切与自己家乡沽北镇截然相反的事物，是另一个世界的代名词，具有戏剧性和仪式感，就像他如今的这一身行头。

　　…………

　　这句话说得有些没头没脑，但逻辑是清楚的，包小强将世界无意中划分出了三种境界：沽北镇—兰城—蒂森克虏伯。这是一个递进的序列，一步一个台阶，最终才是那个他臆造的最高象征。

　　包小强对"体面"的向往似曾相识，这也是弋舟长篇小说《蝌蚪》中的郭卡、短篇小说《我们的底牌》中的曲兆寿所以挣脱此下、奋力前游的原因。愈是衰颓，他们愈有着对体面、优雅与文明的渴望。尽管体面的生活有如雾中风景，人之现代性的抵达将如西西弗斯般永恒地处于克服之中，但他们是"长颈女人"们的同胞，他们亦要从因循与被规定的命运中逃逸，去往"现代"。弋舟对时代的状写，不仅在呈现时代之现实，他还力图使"理想时代"的可能要素，使那些向往现代的人之精神，被看见。

三、雾：风景的介质或一种美学趣味

以上提及的诸个短篇，笔者只轮廓性地、以偏概全地拎出丰富文本的一些段落，这是评论的冒昧。弋舟的短篇通常具有细密纹理与层次，作为整体的艺术文本，本质上拒绝着任何武断且片段式的复述。在厘清笔者的意图中，这"清晰"也许恰是对注解作家与作品的一种误解。

文学表达会让原本清晰的轮廓漫漶、多意和暧昧，也会让原本含混、踟蹰、丰富的世相显出骨骼的形状。弋舟的小说有不同序列与阵营，且并不直接对应他的写作阶段。在处理不同观念与人物的作品中，作者调遣不同音色与语调（tone），但他在相当体量的创作中，使小说雾气弥漫。尽管不能断言它们一定是短篇小说好的"标准"，但弋舟的文本，确乎带来许多想象文学、理解小说的具体支点。

短篇小说，从字面看，是因字数规定着篇幅而成的文学体裁。但短篇小说同时是文学选择，是趣味，是具有辨识度的美学风格。对短篇小说进行文本细读，或许可从技术、情感、美学三个层面来讨论，但本质上，艺术之美是用以感受的，解释之于艺术必要但时常显出用力的徒劳。而美，需要识别。艺术面对的一个隐而不现的绝对前提是，美的内核如肌肉般存在于生活的皮肤与脂肪下，肌肉线条只能在力量与意志的不断作用中显出形状。识别美，需要意识，也需要训练。

韦尔蒂在她的《论短篇小说》中曾经问过这样的问题："在短篇小说中，美从哪里来？"她只回答说，美是一种结果：

美出现了。当美出现的时候我们很幸运，因为我们经常尝试，我们认为，美应该会出现，能够出现，但是当我们列数故事的优点时，美却躲到了门后。[1]

"美"正如同雾，我们看得清楚又看不清楚。雾含蓄，

①［美］哈罗德·布鲁姆：《短篇小说家与作品》，童燕萍译，译林出版社，2016年，第202页。

隐约，拒绝直接。而有关文学的表述，所有的言之凿凿都会让人感到某种误解。雾是一种美的格调，它带来情绪上的暗示，它是笼罩而非覆盖，潮湿，具有从天而降的自然意志。雾是中间介质，存在于主体与他者之间，形成遮挡。它带来的，是一段逐渐浮现的过程，是创造一片凝神空间。阅读尤其是文学阅读，类似穿越迷雾，周遭隐约，明亮、混沌、逼仄、明亮，以文字的穿越完成对情感的穿越。"结实的隐约"要求内里的实在，在短篇小说，"恍惚之美"的基础性建设是要求作家，每个字都力求准确，不可多余，这亦要求读者，盯紧了，每个字都不能丢。

就艺术的敞开度而言，笔者以为，电影（动态的影像）小于绘画或雕塑（以线条、色彩或形状实现对瞬间的抵达），而美术作品小于文学（文字静态的流淌）。越具象的呈现所唤起的感受越束缚于这项艺术的起点，越抽象的表达在观者一方的意念成像越为敞开，文字流动的呈现因而具有更大开合度的想象可能。

音乐是关于处理记忆的艺术，文学亦然，所有眼光漫过的文字在脑际成为影像或旋律，艺术感觉在记忆中延时发生。对文学之美的把握常常发生在句点之后，它们将作为某种氛围，重新降落于记忆。写作者是文字的炼金术士，他们调试、配比语言与情绪的试剂。但小说与艺术的世界不是蒸馏也并非提纯的世界，优秀的文学作品如同现实本身，复杂、多意、似是而非，充满被理解的层次与面向。更可能的，是它不断对预见进行消解，在逻辑之内，在惯性以外。

弋舟着意对"意外"的收束与调和。他小说的叙事动力通常并不倚赖人物性格或戏剧性冲突，不听任某个决定性事件的召唤或作为其支配结果。有时，弋舟会以小说的叙事主人公或第三人称全知视角的目之所及心之所触为轨迹，以他对记忆的反刍堆叠起对一个人、一种关系的具体把握。因而，弋舟小说的智性体现在他的言说方式上，更体现在他以短篇为装置进入日常的肌理，用文学的显微镜放大情绪与意志的纹路，再一次目睹生活。

作者的凝神时刻，那些情不自禁的走笔之处定格并敷衍生活的瞬间，为理解生活提供短暂而必要的"停顿"。生活与现实经过叙事与虚构的周转，反而更接近生活本身。

在我看来，弋舟多个短篇抵达着内容与形式的咬合。像《随园》《瀑布守门人》《势不可挡》等，是理念找到了它的故事，观念找到了它的表达，这是美与其创造者在艺术工作中相遇。写作者总是拥有一套自己的小语法，他们的作品因而具有辨识度。弋舟信任语言的直觉，有时，甚至是他语感的自在呼吸推送着叙事前行。

每一篇虚构作品，作者都要处理"隐身术"与"现身术"的问题，现出的部分堆叠，成为风格；隐去的部分遮蔽，亦从反面展开风格的维度。弋舟多数小说保留有作者"信息"，并非他以自传的方式推进虚构，而是叙事音色中，作者并不抹去自己。他的短篇音色优雅而矜重，带着自省的光泽。

> 我甚至看到一只优雅的狐狸越过我们破败的屋顶，尾巴拖着长长的火焰，向着玫瑰色的夕阳逃逸而去。（《我主持圆通寺一个下午》）

> 持续的晕眩就不是晕眩了，是一种平滑的状态。（《雪人为什么融化》）

> 远在天边的，是一只长久浮于空中的鹞子，它那么远，也许在空气中感觉不到我呼吸时抛出的虚空。四下里一片静谧，我觉得自己悬在时间之外

了。(《隐疾》)

> 但我最初并不知道，上帝赋予我沉重的皮囊，本来是要平衡我灵魂中根深蒂固的轻浮的。这是上帝和我之间一桩很严肃的密约。我就是我自己灵魂的秤砣，是我自己船身的压舱石，我轻了，灵魂便四方飘散，我轻了，就得翻船。(《核桃树下金银花》)

弋舟的文本中比比皆是如此不日常的、文学化的表述。这意味着，作家对生活经验的反刍是"文学"的，他递给读者的那枚重读生活的滤镜是"文学"的，作家在以"文学"的方式整理世界与世界观。

在一篇讨论文学的文章中，写出这句话，并为"文学"一再加上引号，看似鲁莽且无用，但请注意，并非所有以文学写作为本事的写作者都在以"文学"的方式体验并结构世界。文学以外，或以哲学的方式，或以历史的方式，似乎都能在"文学"领地中完成叙事与言说，而真正以文学"经验"并"创造"，在这个时代的文学创作中已显出珍稀。这是弋舟的特出之处：他在以小说家的身体力行完成对文学

"装饰性"的抵抗，这里面，亦有对庸俗的绝对克服。

从 2017 年起，弋舟陆续带来《丙申故事集》《丁酉故事集》与《庚子故事集》。虽比计划有所延宕，但近二十篇的短篇写作确透露着作家稳定且深情的写作志向。与他早期写下的"潦草的愤怒与粗鲁的忧伤"的青春之歌不同，后来的中短篇读来，虽时感身处雾中，但脚是踩在大地上的，常有温度从大地慢慢透过脚背，返回周身。

短篇小说集是一座情绪与观念的小型博物馆，馆中光线与气氛在邀请观者安静下来，于一刻只关心那被有意布置的一个角落，只鼓励充分的专注流动于心智之中。以干支纪年为定名方式意味着这是行进中的短篇小说集队列，而它也正如隐喻，和作为文体的"短篇小说"一样，在自足且有着偏僻意味的现实中，于雾中兀自前行。

他以短篇、文字、虚构开凿周遭，动力是什么？

是带着绝望与希望永恒地臣服于美，去做美的信徒。

写作或如行舟。有人摇一叶舟，正从隐桥经过。

2021 年 10 月 6 日傍晚

北京

120

六个词语的测量与漫游

1949年，乔治亚·欧姬芙从纽约搬到了新墨西哥州阿比奎附近。过去二十年间，她往来两处，并终于栖身荒漠。九十六岁时，她对安迪·沃霍尔说出了那个动人的谜底："相对于其他我知道的地方，我更愿意到这里来。生活在如此遥远的地球尽头，无人打扰，非常惬意，我喜欢。"[1] 仿佛安居她笔下花朵的内部，这位一袭黑衣目光笃定的女士，端坐于她现代的土坯房屋中央，驱车于旷野与山岩之间，凝视海浪般的山体从眼前抒情地展开。

荒莽大地，盛放之花，自由意志。画家只是有力地成为自己，便为人与自然、与自我的相处或对峙建立了新的

---

[1] ［美］艾莉西亚·伊内兹·古斯曼：《乔治亚·欧姬芙：流浪的花朵》，夏莹译，广西师范大学出版社，2020年，第95页。

美学。

后来，我在小说里遇见独行荒漠的女人，又一次次遇见在山川与万物间孤旅的人类，欧姬芙的神色与面容就隐约兑现为他们的样子，她笔下骨骸与花朵悬浮旷野的超现实主义亦为小说带来一种镜像。重读《随园》，杨洁的荒漠"孤旅"① 作为弋舟小说的重要意象第一次浮现，它勾连起一些其他文本，从早年到近来写作，这是作家不时顾返的重要主题。弋舟一次又一次驱使笔下人物往旷野去，去置身精神的旷野中。

"到旷野去"是此番重读的认识之一，一起到来的还有其他几个词语。是的，词语。写作者总是有他们最应手的"字典"和"词汇表"，那些被拣选而出的词语携带着自己的光泽、重量、气味、形状和刻度，编织亦湮没于故事，而叙事和语境，会将词语重新擦亮。作为叙事的最基本单元，词语或许可以成为重临小说的具体遵循。

在关于文本的记忆和此刻的直感之间，小说如雪山兀立。盛夏已然到来，雪线在修改它的边界，记忆的风景

---

① 小说《随园》中杨洁大病初愈，回戈壁滩寻找启蒙老师。尽管一路上有"老王"陪伴，但精神意义上这仍是一个人的孤旅。

浮动于新的注视中，而"记忆"本身正是"重读"。"即用即弃式的阅读其实读到的总是'我们自己'，从一个文本中理解到的仅仅是我们以前已理解的东西，一个定式，一个已研读过的固定文本。"[1] 黄子平在《语言洪水中的坝与碑——重读中篇小说〈小鲍庄〉》中这样写道。总有文本召唤重读，召唤对审美惰性的克服，那些重遇依然被新鲜和战栗包裹的经验证明，迷人从不是一次性的。

一、黑　狗

二十余年间，在作为"都市生活建造师"之外，弋舟笔下还有一座"动物庄园"。小说里的人和蝌蚪、狮子、孔雀、夏蜂、猫、仓鼠相处，而近些年几度走笔的"黑狗"，却与小说人物乃至作者，数次对峙。

黑狗最先出现在《会游泳的溺水者》[2]中。"我"与女

---

① 黄子平：《语言洪水中的坝与碑——重读中篇小说〈小鲍庄〉》，见《灰阑中的叙述（增订本）》，北京大学出版社，2020年，第150页。

② 这篇小说写于2017年，收录在《丁酉故事集》中。

同学宋宇巧住同一小区，经年之后她的美水落石出。"我们"偶有照面，一直保持着距离，但并不妨碍确认彼此为同类。在"我"的妻子——"从小参加游泳比赛的她将自己溺毙在了游泳池"之后，宋宇常和"我"一起在小区散步。"起初，我们是在散步时偶遇的。她很怕狗。这也是后来我们并肩在黄昏散步的一个理由。""那些艰难的日子，不是我在陪她散步，是她在陪我散步，为我驱散心中撕咬着我的流浪狗。"这是一篇叙述上舞步轻盈的小说，是一个夜晚与回忆的自由交叉行进。弋舟以叙事结构和文字质地制造出类似"慢镜头"与"平行镜头"的影像表达，时间被空间化和感受化了，时间的到来脱离了线性秩序，人在其中像短暂溺水，似乎也正对应"我"痛失妻子后应激般的周转不灵。

故事里出现"黑狗"起先似乎只是情节催化的需要，而临近结尾时，因咬伤居民遭到痛打，那痛击竟通感于"我"，无助野蛮的流浪狗从具有震慑力的犬类成为"我"的同类，狗的狰狞与绝望是"我"身心状况在那个深夜的显现。

那个夜晚本携带着辞旧迎新的美好，于"我"，这只丧家之犬，却领受忧伤的凝视，或者还有启迪。"跨年之夜除了落雪的声音，紫色的世界好像还回响着一种粗重、可疑的喘息声。落雪与喘息之声暴怒而又安静地对峙着，那些藏于暗处的黑狗，在伤感地凝视着我。"黑狗的凝视让"我"看见自己的眼睛，也感知到了痛。妻子消失后，钝感淹没痛感，击打已久却难以感知，直到"我"也向深水走去，并意识到宋宇已在水深处久矣。倒地黑狗让所有暗处的悲伤逐一显形，"我"正视了会游泳的妻子为何将自己溺毙，并力图在新年开始之前将另一位溺水者捞起。

如果说《会游泳的溺水者》中"黑狗"较为具体地指向抑郁者的模糊恐惧，那么近两年弋舟一次又一次在叙事中放出的巨犬，则愈益接近那些埋伏于日常、为大多数人所须直面的心灵现实。2022 年初，弋舟写出短篇《拿一截海浪》，题目来自诗人蒋浩为送别友人所作的《我辈复凋零》。这首诗击中作家的显然不仅是"拿一截海浪"的意象，还包括人到中年接踵而至的意外、丧失与告别。

这一次，从天而降的黑狗以被车撞碎的身形和搭救同伴的凶猛，横亘在一个几近溃败的返乡者与女儿的婚礼之间，也让那一截几乎以全部家当换来送给女儿的"碎碟海浪"，在租来的比亚迪后备厢中令人伤心地碎裂。小说围绕着贺轶宁与黑狗的对峙展开，这在弋舟小说中颇为鲜见，一个戏剧性场面如何调度一个人的漫长往昔和此刻境遇，写作者在这个场面中意图抵达一个寓言。《拿一截海浪》为弋舟克服书写惯性刻下新的标记。

这不是由故事触发，而是被恐惧和懦弱感驱动的小说。

在高速行驶中撞死一头小兽尽管意外，但此处并非敷衍出故事的好地方，而弋舟偏要贺轶宁在这里停下来，在严酷、错愕、惊惧里，与黑狗虚弱又狠狠地对峙。于是，贺轶宁看见："它蓄势待发，黑毛因为炸开，通体变成了一种森然的、说不清的颜色。"他感到："自己的恐惧里有种古怪的喜剧性，隔着车窗玻璃的黑狗仿佛只是一团抽象的概念，这团概念悬浮在他的道路上，既邪恶又滑稽，既残忍又诡异。"如同与深渊对视，"恐惧"开始展示它的内部，那些游走在弋舟数篇小说中言而不明的威慑与忧惧开始"显形。

"黑狗"突降之前，人已缚于困境，敌手无处不在却并不可见，无助、失措、愤怒与其说是情绪，更像一些符号，它们空乏地支配着人的皮囊。但一只狗的威逼显影液般滴在大地上，黑狗肉身的破碎迫使人看见。它让无助、失措、愤怒结结实实地回到肉身，当恐惧像痛感一样确凿起来，游离者才回到自己的皮囊和灵魂里。

与黑狗的对峙激活了贺轶宁，它带来恐惧也带来启悟。在撞死一只狗后，与其说无法绕过狗的破碎与威严，不如说，这位返乡者难以绕过心中自己的破损与尊严。黑狗是障碍之物，也正是与它对峙者的情志本身。当"他又一次看到了那条黑狗。黑狗蹲在前方的公路中间，像一尊叵测的、命运的化身。它仿佛怀着某种审慎的悲伤，遥遥凝望着他，凝望着这个站在海面一般暗自涌动的山道上，拿着一截海浪，又好像双手空空的人"。他在黑狗的瞳仁中第一次看到那个半途而归一事无成的落魄者。弋舟迫使贺轶宁与黑狗对峙，这让一个人第一次看见自己，他就是那条黑狗。

《拿一截海浪》中还有一个饶有意味的意外：幸得搭救，犬尸得以清理，贺轶宁无法直视的惨烈在偶遇大哥看来却有其价值，得知他赶赴女儿婚礼，大哥道别后又等在前方，直到把一头羊作为"份子钱"塞进了比亚迪的后座。"贺轶宁回身看羊。那头羊与他面面相觑。它半爬在后座上，如同一座宁静的、吉祥的圣物。"

羊的到来带来了一个"宗教修辞"。一只待宰的羊让那惊悚一日第一次被温柔拂过。这只跪卧后座的"圣物"带着宗教气息降临，它似乎在暗示严酷生活中静候在前方的救赎可能。如此意外，一道优美的拐弯，这是小说叙事弧反光的一瞬，而短篇小说总是内在地要求着临近结尾的拐弯能力。

半年后弋舟又写了一个短篇，名为《降麋》——降临的藏獒。这次他更直接了，让威严、凶猛而圣洁的巨犬确凿地成为主人公的镜像。"我"，一个来到汉藏交界小镇为重逢爱情的女人被误认为是收藏獒的狗贩子，那么，命运果真安排了一头"下凡"的藏獒与"我"相遇。重逢的不是爱情，而是不可思议的命运时刻。故事很简单，重头戏在结尾，这头被整座小镇人寻找追捕的藏獒奇迹般出现在"我"暂住旅馆的小院中：

　　眼看就要来不及了。我朝它露出了微笑，同时收回自己迈入院门的那只脚，给它让开一条出路。它懂得我的意思。我相信，这一刻，我和它的意念是完全相通的。它自眼睛上部向下延伸到嘴角的那条褶皱，像是回馈给我的一个微笑；它覆盖住了下颌的嘴唇，挂着亮晶晶的口水，翕动着像是给我发出深切的嘉许。我无比专注地凝视它，凝视它又大又圆的头颅，开阔的鼻孔，狮鬃一般的、从浅褐色至深红色的卷毛……是啊，此刻我才意识到它是我迄今为止见到过的第一头藏獒，但我对它并不觉得生疏，我就像满意于自己一般地满意它的高贵与沉着。

《降獒》在弋舟的短篇阵营中雪白、轻灵、神秘，是一个奇异故事，是作者为数不多的颇为任性的一次书写。他将人与自我的和解重置在一个"童话"里，奇迹在现实之上贴地而过。

我以为比写出一个故事更重要的，是小说家贡献了"与巨犬对峙"的意象，从凶残破碎的黑狗到高贵沉着的藏獒，从抑郁者、失意人到寻觅者，"巨犬"本身拥有强大的解释力与延展力。读者将兑现各自所见，而"巨犬"与对峙者形象的不断丰富意味着写作者对一个具体问题的持续推进——如何跨越那些日常生活中"有限度"的恐惧，如何驯服或拥抱内心的"黑狗"。

而回到写作这件事上，一个以短篇创造为志趣和志业的写作者，近三十年间于百余部构造中一次又一次完成对自我的克服和超越，或许正意味着，他必须面对、驯服并拥抱横亘在他与故事、与每个字之间的那条"黑狗"。

二、权　力

驯服与和解不足以解释所有人生。

社会秩序、文化系统、情感结构衍进中被塑造与被解构的权力关系，其间的张力复杂、暧昧难辨也是弋舟小说多有触及的主题。写作者将"问题意识"包裹在故事与叙事之内，读小说，只是获得一个故事或一种情绪无可厚非，但文学永远拥有它之于现实更严肃的存在意义，它邀请我们直视风景内部的风暴。

《缓刑》与《势不可挡》分别完成于 2017 年夏末与秋初 ①，除了创作时间上的连续，两篇乍看并无关联。但在第

---

① 　《丁酉故事集》中《缓刑》落款注明写作时间："丁酉闰六月三十/2017年8月21日一稿/丁酉兰月初二，处暑/2017年8月23日定稿"。《势不可挡》落款注明写作时间："丁酉兰月十一/2017年9月1日"。

三次阅读两部短篇后，我愿意相信，写作这两篇小说的两三个月是弋舟创作上甚为重要的一段爆发，他暂时脱离驾轻就熟的故事轨道，在更险峻的叙事路径上展开速滑。

我曾以"文明的反噬"与"风险社会"解释两个文本，而这次当"权力"作为隐秘的叙事核被看见，它就像血管一样遍及小说。权力关乎人的欲望，关乎人被来自身体之外的能量赋予力量的实感和幻觉，关乎某种力在系统中的运转。权力的隐现与显在、游走与制衡、困境与反转、作用力及其方式被编制在人的动机和处境里，也弥漫在以小说场景为隐喻的现实空间中。

如果说《拿一截海浪》在开篇即以撞死黑狗触发危机，《缓刑》则是缓步抵达。漂亮的小女孩操纵着爸爸在机场刚买给她的礼物，一个会发射激光炮的机械战警，一步一步走向未知。小说以小女孩父母在机场的争执展开，在失败的婚姻关系中，漂亮的小女孩只能作为不幸的承受者，不足八岁而拥有世故的天真使她更浓郁地散发着牺牲品的气味。她脆弱地向着失控世界发射脆弱的炮弹，这是送给爸爸妈妈的"礼物"。应验着父母吵架时的谶语，她让自己"消失"在机场，这也是她送给爸爸妈妈的"礼物"。小女孩无意地制造着自己的绝境，让那对行将崩裂的男女陷于更大的绝境之中，权力在此发生了反转。这让我想问，"弱者"的争取与表达，是否只能是朝向自我的毁灭？

故事发生在候机大厅里，在小女孩逐渐离开父母的走失中，她依次与小男孩、灰白胡子男人有所交集。作者放大了小男孩这样一个特征："这个男孩也穿着短裤，令人吃惊的是，他的小腿居然也长着黑乎乎的腿毛，这让他看上去完全是个小孩中的实干派。"这与儿童形象迥异的特征悄然形变着小女孩目之所及的世界。与此相关的是，小男孩与小女孩都操着与年龄不符的世故对话，他们模仿成人，仿佛幻想拥有某种优越于自我的权力。而发生在小女孩和灰白胡子男人之间的言语来往，起先是游戏，但它模拟着成人世界的暧昧，游戏引导现实走向失控，她终于为自己说出的话感到难为情，她选择逃离。

这篇小说较为明显地包含着男性女性、成人儿童之间的权力关系，而后退一步看，小女孩碰见灰白胡子男人的"贵宾室"，她将自己迷失的"保洁间"，让候机大厅内部微缩世界般旋转着一扇又一扇通往不同阶层的门，小女孩冥冥中被某种欲望驱使又被某种命运支配，"力"的流转与发生使人后背生凉。

"势不可挡"意味着一股洪流。是什么在释放力量，又是什么被裹挟呢？再读《势不可挡》依然心生寒意。这是一份造神运动的报告，也是一张有关欲望磨平与席卷的心电图。我并不当《势不可挡》为幻想小说看，尽管它构造了未来时间的另一个世界，但弋舟落笔的重点在于，那个世界是怎样从我们这里一步一步抵达的，人的每一个境遇是怎样从之前的境况里逐步趋近的。

在技术进步与人的生命机能、欲望日益委顿的过程中，人逐渐"进化"为失去情感、欲望的人，人与人之间也日渐丧失依偎和联结的必要。更骇人的是，人的劳动权被取消了。政府配给日常所需，但整个社会的空气里都浮荡着因不劳而无价值的漠然和悲伤。"冷漠是'无用者'集体的特征。"为了克服这股力量的碾压，一群艺术家行动了。在一座废弃的化工厂内，"我们"以中年妇女杜英姿为"偶像"，这位过去时代的修鞋匠，落伍、愚钝，游离于时代之外，她与体面、现代之间不可弥合的距离和矛盾使她反而避开时代洪流的裹挟，成为被膜拜的"神"——"她像一头缓行的猪，时代风驰电掣的飞行列车从她身边呼啸而过。这样比喻，我绝没有一丁点儿诋毁她的意思，相反，这头缓行的猪，在我内心代表着这个时代最高的沉着。"

追随最无用、最愚拙、最失序成为反抗精神的表达，她"铁杵成针"的手艺与精神品格成为此时（故事设定在2027年）稀缺，让"我们"追随。在反智的行动中，艺术家们以取消文化的方式表达文化态度，而一种集体无意识也在化工厂内弥漫开来。"我们就在地上那么磨着，一二三四，前前后后，一二三四，前前后后。水泥地面不可避免地被磨出了纵横的沟壑。天长日久，除了供奉圣物的那张铁皮工作台的下面，小车间的地面逐日下沉，渐渐地，被我们人工磨出了落差，像是给这个空间升起了一块长方形的跃层。""我们"选择成为杜英姿的拥趸，是行动者们无意识的合谋造就了"圣母"身处的平台逐渐升高，权力由"圣母"与追随者们共同缔造。

夹缝之中，艺术家们愿依循观念、教养与文化意识所教导的去追求理性、实现自我的生活，价值实现里包含着反抗甚至对秩序的蔑视；但另一方面，作为人，他们无法脱离于系统、无法克服时代巨轮的惯性，只能在灰色夹缝中构造某种"理想生活"。

《势不可挡》展示着"认知"作为权力的流动过程，杜英姿的符号意义使她成为"圣母"，而一个不会开口的"圣母"只能是"代言人"。在杜英姿与"我"的丈夫庞博逃跑后，小社会中的"秩序"眼见着岌岌可危，"我"识破一切并在瞬间与罗旭达成默契，在旧有秩序最可能被更新时，"我"被无名的欲望驱使着成为权力阵营中的一分子，从"工蜂"跃升"蜂后"，"我"的面前又是一个新的"王国"。

小说的层层展开是认知规则确立过程的展开。人类生存与文明的历史充满偶然，那些被认定为美、道德、价值、理想的存在，是怎样在时间洪流中完成并获得其位置与秩序的呢？《势不可挡》以有悖常情的未来作为叙事起点，在不断的递进和反转中，使整个故事不断运行于新的逻辑。这个与现行认知背离的故事确乎创造了另一种"进步论"。规定秩序是写作者的权力，效用几何完全取决于写作者的能力。短篇小说总有一张底牌，底牌是什么？亮还是不亮？《缓刑》和《势不可挡》给出了不同示范。弋舟短篇结尾的能力常常使人讶异，归返亦为敞开，那一帧恍惚如梦的抵达，是他不断重新定义这"现实"何为。

罗旭对杜英姿和"我"的发现意味着，"圣母"诞生只是一套议程设置，它关联在"铁杵成针"这看似愚鲁的价值选择上。"铁杵成针"作为行动表达或许正是作家为小说亮出的那张寓言底牌，这个显而易见的反讽将更尖锐的东西摆在我们面前。在近一万五千字的篇幅中，弋舟不断进行着解构与建构，甚至带来智力的速滑，《势不可挡》构造了悖反又合情的世界——它让滑稽的同义词是庄严，凋敝的同义词是宏伟，规训的同义词是自由，嫉妒的同义词是敬重，叛离的同义词是盲从。

而无论设定在怎样的时空里，弋舟讨论的依然是人本身的问题：恐惧、克服、限度、忧伤和爱。

三、新　年

小说书写时间而时间隐身其间，但它覆盖在一切人物、情节、细节、氛围之上。短篇或许难以像长篇那样既作为内容又作为形式融于小说艺术内部，在漫长篇幅中自然流淌并目睹时间的自我完成，但时间本身作为"问题"，依然可以被短篇揭示。

《跛足之年》是弋舟第一部长篇，它以圆形叙事让

"千禧之夜"在小说中首尾交叠，年轻"失序者"们的鲁莽和忧伤仿佛运行于时间的循环之中，一切尘埃落定一切又未及发生，对"千禧"的郑重与焦虑解构着时间本身的威仪。时间在不可阻断地流淌着，而对这一刻的注视使时间本身成为对象，它是掬出的流水中那耀目一捧。"千禧之夜"作为时间系统中具有重置意义的时刻，在弋舟后来的中短篇中更多地复现为更日常的"新年之夜"。以这一时刻为背景展开书写，既见作者的整体时间观，也映照他不断更新的时间意识。

对"新年时刻"的发现，是对时间不可更改的自然流淌与人类更新自我的意志在一个瞬间叠合的发现。"新年"作为一种机制和意象，让时间被充分意义化和仪式化了，迎接"新年"出自主体的内在渴望，那是对明亮的、重启的、崭新的生活的吁求，人类的美好希望有了自然进程的加持，一切向好被赋予使命。新年开始了，新的一天到来了，然后呢？

前面提到，《会游泳的溺水者》是往昔在一个夜晚的不断闪回，"这个夜晚"正是新年前夜。弋舟这样比喻："电视里在跨年。上帝将绵延不绝的时光折叠成一个又一

137

个的昼夜，折过 365 下，再度不厌其烦地折叠一回。……好比牌局重开，此刻，人人都盘算着这回没准会抓上一手好牌。……这没什么可说的，既然上帝每隔 365 天都会给你一个貌似可以重新来过的机会，……"抱定"新年"的理想主义是人类对自己的美好祝愿，但文学若只看见这一刻"重启"，大概并不现实亦远远不够。在弋舟的小说里，那些被明显撂出来的"新年"时刻让"重开牌局"并非叙事的终点，"貌似可以重来"道破了，"新年"只是一个美好许诺，新时间敞开的新世界恐怕也只是昨日的无尽重复，但作者为何还要一再回到这样的重新开始呢？《如在水底，如在空中》做出一种解释。

人到中年，蒲唯在走出丧妻之痛的盛夏收到妻子母亲的来信，落款"大暑"让他想起了什么。联系到高中同学程小玮，那个尘封记忆的十八岁重新生动起来：结束高考的夏天，蒲唯、程小玮、汪泉三人结伴来到冶木峡，面对湖水汪泉宣布："十八年后，我要写一封信寄到这里！"他们结伴上路了，回到旧地，去接收女同学的来信。"寻梦之旅"在到达冶木峡后变得令人害羞而隐秘起来，他们不再互相提醒。而在本该收到信件的那几天，邮递员不慎将邮包掉落目的地必经的大湖，蒲唯与程小玮秘密地、各自轮番游向那未知湖底。

为何这件看似荒唐的事忽然如此重要？为何他们不顾生死也要寻找那封可能压根没有寄出的信件？

妻子的离去将蒲唯抛进生活的空茫中，那并非"压倒性"的痛苦，腿脚依然遵守行动的惯性但骨头内部仿佛中空；程小玮生意场上颇为得意，但离异、远离女儿的现实抽取了生活中的重要依托。游向湖中的，也是两个浮萍般的中年男人。他们不顾暗流的裹挟、荆棘的抽打、淤泥的吞噬，他们只想重返那人生帷幕即将拉开的夏天。那明晃晃浮游于眼前的，是一切欢迎和接纳，是一切未知与盛大，是一个没有敞开的梦。

十八年中，时间收回了她的许诺。那封将至未至，或许沉落湖底或许从未发出的信，美丽得如同一个"新年"。

新年是孩童的节日，成年人只会在"新年时刻"更多地感受穿过时间的压力。生活在逐渐取消他们"新年许愿"的心情和能力，因而，蒲唯、程小玮这一个"新年愿望"沉默得炽烈。他们需要一次"重启"，需要一个"新年"，需要重新相信一次梦，需要接近某种命运般的指引和兑现。

这样的"新年"在弋舟小说中并不少见：杨洁朝向"随园"的旅程（《随园》）、"我"带父亲去甘南旅行的心意（《羊群过境》）、郭老师去泸沽湖看流星的准备（《瀑布守门人》）……而重新看到蒲唯、程小玮"向湖底游去"，甚至觉得那如同一个文学梦境，当生活教导我们注视平静和暗流，文学会邀请我们向湖的深处去。

她保卫我们做梦的权利。

那种重新开始的冲动还赋予着小说人物"少年气息"。他们失意、颓丧、在困境中，他们挣扎着要从衰败身心里走出一个新的自己。弋舟小说的中年人身上萦绕着某种少年之气，当我们看见杨洁在随园中俯身于薛子仪，当最后那个也许带来阅读障碍的吻落下，当曾经的流浪诗人开着吉普出现在杨洁面前，当郭老师描述起流星雨在幻想中的盛景，当蒲唯、程小玮任性而凶猛地游向未知，我们会看见，那些人到中年者的周身在如何释放着明亮的少年之气。这样的气息甚至一直游走于弋舟小说，它让写作者笃定，每一次提笔，自己都是崭新的。

节气那天，弋舟总会在朋友圈写下几句释语。关于时间，神在执掌新的开始了，那样的开始应当被看见。它是轨道上的独舞，无关观众，在众声喧哗又自说自话的朋友圈里，它们周而复始，矜重又孤独。

四、孤 旅

弋舟多次将"旅行"设置为小说开关或一道远景。他们走了很远的路，去看雪山（《随园》）、流星（《瀑布守门人》）、大湖（《如在水底，如在空中》）与群峦（《拿一截海浪》），他们也在生活半径之内，在玻璃幕墙（《缓刑》）、人潮涌动的地铁（《鼠辈》）、疫情时刻的街头（《掩面时分》）和物是人非的玉林路上（《核桃树下金银花》），目睹并吞咽盛大的沉默。作家为何让他笔下的人不断出发，去往那一片"旷野之地"呢？

"旅行"或"出走"既为生活日常，更关于不可遏制的鼓荡在身体里的愿望。它是一种生活状态，也是将远方具体编织在日常的理想主义。弋舟小说里的人物尽管时有他人陪伴，尽管最后的目的地并不一定抵达，但因为小说注目着那些"出走的愿望"和"穿越生活废墟"的经过，"旅行"作为叙事中的重要所指因而成立。而在弋舟小说中更准确的表述，这样的旅行或是"失序者"的"孤旅"。

破碎的人在接近雪山的完满天地中行走，是一场生命进行中的自我追悼，也是与昨日之我和解。如果说《随园》中的"孤旅"拥有出发与到达的轨迹而可以被较明显地识别，在另一些故事里，写作者则将它转译为微缩的、片段的、取消了起点终点的心灵跋涉。

"孤旅"关于欧姬芙半生选择而抵达的那盛大的孤独与抒情，它还理应包含恐惧、变数、迷失与未知种种。故事不止一种读法，耐磨的小说邀请四面八方的目光。让我们再次回到《缓刑》。

漂亮的小女孩依照爸爸的指令去寻找飞机起飞的消息，候机大厅里，她指挥着机械战警就像小红帽挎着小篮子漫行在整座森林，蹦蹦跳跳往外婆家去。未待飞机起飞，旅程已经开始，那将是一场失控的"孤旅"。不一会儿她就在候机大厅走丢了，她遇见不同的人，她还没有完成任务，她跌跌撞撞地驰骋着，只能向前。

"权力故事"之外，《缓刑》还是一个现代版《小红帽》，是人类成长的剪影落在小女孩身上的黑色寓言。《缓刑》中的"孤旅"内核可以被一句道破，但这部小说所以有意味大概还在于，它内在地结构着"被损害的"与文学之间，那幽微而温暖的联结。

小说里有这样一句："她妈妈背转过去，但小女孩能猜出她妈妈哭了。……对此，漂亮的小女孩早已经习惯了。"这句话很重要，它暗示了小女孩过早的"成熟"（她还不到八岁），同时几乎是在接近起点的地方，它提示我们小说中那个重要的"声音"和"视角"，它属于一个悬浮的"他者"。让我们姑且称之为"悬浮者"吧，他将成为小说的叙事者，没有身份面孔立场目的，他将无比耐心地与小女孩同行，不放过她脸庞上任何一个表情，不放过那表情里含有的任何一个小心思和秘密。小女孩每一个细微感受都引入观察婚姻关系的另一视角，它是对婚姻困境的审视和转化，她将自己的位置从父母之间取消，她好像懂得一切，但选择沉默退避，她以自己的"小"有意地遮蔽、避免又承受着什么。"悬浮者"将这一切看在眼里，他选择与小女孩结成秘密同盟。"悬浮者"的视界让整篇小说散射着某种钢光，疏离，冷静，洞穿。

小女孩的好奇、使命、欲望、恐惧使她的未知边界不断退后，她身上那种奇异的敏感也让"走失"并非一无所

143

知地发生。"漂亮的小女孩想要阻止它不体面的行为。候机厅里人来人往，这让漂亮的小女孩觉得有些难堪。"机械战警使她难堪，爸爸妈妈大庭广众之下的争执使她难堪，某种"体面"的自我要求在召唤，她要启程。她的天真中包含着的某种世故，被一览无余了。为什么呢？因为"悬浮者"让我们看见。他细微地转述她一切表情和心思，当小女孩跑出贵宾室，"悬浮者"是这样描述的："拿过奇异果的手沾着果汁，黏黏的，她一边跑一边举着手，好像要把这种黏腻的手感奉献给谁一样。她内心的竞赛激烈地进行着。她从来没有被这样丰沛的情绪笼罩过。她感到了害怕，感到了渴望和失望交织在一起，还有一点点的伤心难过。"这是带着意图和视角的"看见"，这也是弋舟和他的人物通常建立的关系。他看见，他懂得，并且让我们相信这样的懂得，于是引入了"悬浮者"。"悬浮者"离地三尺，有所洞见，他浮游在作者、人物和我们之间。或许不少写作者都在自己与人物之间创造着这样的"悬浮者"，识别并揣摩他们的目光和音调，是作者递来的金色钥匙。

"悬浮者"的俯察还让我看见"人"的位置。当作家书写"人"的时候，当我们将文学审察人的生活、人的处境、人性状况作为某种金律时，人到底在哪里？人具体是什么？

人是万物之一类，是宇宙中孤单的一种。小女孩的机场漫游是具体的人初入世界的微缩，她小星球般无序地漂浮，又好像影射着地球在宇宙中的孤旅，这个漂亮的小女孩，几乎分享着孤独人类在宇宙中的奇迹与脆弱。"然而，从这一刻起，一种奇怪的寂静开始笼罩了漂亮的小女孩。她突然不再能够感知环境的喧哗，像是只身来到了一块空旷的广场。"

文学何尝不是失序者的孤独行走呢？以文学建筑自我和世界的人，某种意义上，都完成着在既定轨道上的小小漂浮和脱轨。他们不安于在一条直线上被规定到底，身体里不时鼓荡跳脱的兴致和渴望。弋舟看见他们，一次又一次写下那些"偏离的人"，以文学注视他们，也完成自己。

那原以为孤独脆弱的所历将同时被一道目光隐秘地追随、洞悉和理解。当我们进入文学的世界，在具体人物身上投射自己的情绪、情感和命运，某种意义上，我们也在扮演着"悬浮者"。那些被损害的，被文学看见。

五、自 白

读弋舟小说有时让我想起诗歌中的"自白派",那些直给的心灵陈述海浪般推送着小说的道德面向。从《而黑夜已至》中可随手摘出这样的表达:

> 毋宁说此刻我就是在对自己进行着告解与劝慰。我们都陷在自罪的泥沼里,认为自己不可饶恕,一切都是我们的错,这个倒霉的世界都是被我们搞坏的。

> 可是,起码每个人都在憔悴地自罪,用几乎令自己心碎的力气竭力抵抗着内心的羞耻。

滔滔不绝的自我陈述中有雄辩的魄力、审思的品格,有时还有缄默。"自白"既为风格,也关于小说家颇为倾心的叙事驱动方式,它们亦生成小说里的庄严时刻。

读小说像是透过玻璃看窗外,同时在镜面上影影绰绰地看见自己。《核桃树下金银花》是一次命题写作,它观照"汶川大地震",以残酷灾难为背景,却是弋舟文本中为数不多的在重读中依然使我被温暖激励的一篇。"我"（一个曾经自暴自弃的忧伤胖子）和另一个胖女孩（"我"的翻版）的短暂交集，使"我"头一回从外面世界看到自己的镜像。那一个下午领受的辉煌和温情成为某种托底，它让"我"在"往前看"时总怀有某种微妙温存的确信。这不完全是爱情的幻觉，而更类似找到同类的欢欣。但一个下午的并肩而行能蕴藏多大能量呢？它真实地存在，却如同一场盛大的幻觉，那一个下午的意义由"我"的"自白"定义，而"自白"作为叙事一种，与其他叙述方式相比，确乎加深着叙事者的信度和庄严。那一个下午在"我"的陈述中是这样的：

　　我们走在四月的玉林十巷里。不必说，路面完全被我们堵塞了。这却给予我们一种满盈的豪情。我们最大限度地充斥了虚无的时光，拥有了结结实实的肉身者的尊严。迫于无形的压力，路人一定是要给我们让道的，贴着墙根，让我们簇拥着一辆电动三轮车先行，款款而过，我们就是这样被世界礼遇，连风都得绕着我们走。

　　…………

上帝知道我有多潦草，对这个世界有多不耐烦，于是差遣了一个胖天使蹲在路边，让她陪我走上一程，软化我，给我这个失败的胖子加添肉身的尊严，她给我指认了此生的第一棵树，启发我对原野展开想象。

时间交错闪回，构造了一段青春特有的热望与忧伤。"我"以自白创造了如此柔情温馨的盛景，这样的叙事极具叙述者意志。小说中，"我"很早便觉察到自我的心灵，弋舟显然认同并珍视那个沉思的自我，他让"我"一直跋涉，一直言说，以近乎令人羞赧的深情在浮躁世界中不断重新为心灵找到落地的方式。

《降骜》中，弋舟从文本后三分之一处开始滑向一种自由乃至铺张的写法，他这样写的：

就是在这个瞬间，我意识到我亟须与我的命运和解。既然人不过是活在索然的角色里，为何还要这般入戏？也正是在这一刻，当我试着靠近那头藏骜的时候，我也第一次领受到了一个人迎向自己命运的时刻会是多么地平静并且虚无。当你决意承受与迎接你的命运时，即便它依旧未知——其实可能也并没有那么叵测，不过是要么悲剧、要么喜剧——你就将摆脱装腔作势的表演，赢得自由。

不管怎么说，我必须和这头命运一般巨大的藏獒达成协议。我得和它商量，就像是和自己商量一样：你瞧，咱们不该甘愿成为一场把戏——不过是爱了，然后是背叛与遭到背叛，然后自怜自艾，然后跑到天边发疯，直到最后，血肉模糊地在高原上喂了狗。不是吗，亲爱的命运，这既庸俗又滑稽！你瞧，我那自怜的折磨和自戕的冲动，乃至我那古怪的欲火，仅仅是一组毫无创见的规定动作而已，其实你知道的，也许我并没有这般痛苦，那么，现在咱们就让步吧，拒绝这种非此即彼的操弄如何？

先放过作者意图讨论的问题，让我们试着沉入这"自问自答"营造的审美空间里。这释放着远古气息的漫长的严肃的自我审问式的独白，让小说在后半程进入了某种戏剧模式，咏叹调般，独幕剧般。这是一种近乎古典的写法。

自白、自剖、自审接近并创造着日常中的庄严时刻，但直给的思辨令故事的驱动有着过于凶猛的自我指认与沉浸的风险。"自白"带来了叙事者清晰的思维过程，它赋予小说智性的光泽，也同时构成某种障碍物，人物的审思将给叙事降速，甚至冲淡事情本身的张力。但弋舟认领着他的风格。

他看待世界的目光、进入生活的方式是与自己辨析过一番的，如此，生活本身不只是行动流，行动与行动之间密布着可被读解的介质。类似"自白"的审思浮游在文本之中，这是弋舟小说具有显示度的特点，具体叙事之外，情节与情节之间，存在与存在之间，时常浮游着一些看似无关之物。它们像一次分神、拐弯或延宕，让小说生出了枝枝蔓蔓的东西。"浮游"之物是作者或人物观念的投影，是思维的结晶，亦是对晶体结构的凝视，这让故事在发生之时亦被注视。很多时候，"发生"与"对发生的注视"在同时到达，故事的行进因而还包含着一个个平行的审美空间。

有时候我感到，那些浮游之物使弋舟小说存在了一些小说之外的东西。但什么又才是小说之内呢？

一个又一个瞬间在观照和描述里拥有了琥珀质地，作为"时间的物化"，它们含住确切一刻，亦使逝去获得某种可以被端详的形态。对"琥珀"之时／之物的不断顾返也带来了弋舟小说中的"复沓"。写作时，他心中可能常有一句话、一个词、一个他为之萦绕的概念"诗眼"般一直存在。比如《缓刑》中，"缓刑"这并不日常的词语被不同人物在短时内不断触及——它由小女孩的爸爸最先提起，接着，在叙事的小河中开始漂流，被所有人物依次"检阅"。某种意义上，一个并不日常的词语在短时内的密集出没铺张了小说的戏剧性，有着降低内部冲突形式感的危险，像弋舟这样有着语言"洁癖"的写作者，为何着意于此呢？

　　或许因为，他更在乎的，是小说精密仪器般的结构、稳定和秩序，他希望小说拥有精密运行的内部逻辑与动力。因而，小说细节的到来是有根有据的，是有来路和去往的，这样的"洁癖"甚至以弱化小说中的意外感为代价。而小说中的意外又是什么呢？是一位写作者着意营造、追求和雕琢的吗？我想，这正回答着弋舟写作的"道德"，他不故弄玄虚，不制造突然袭击，那些日常中看似突兀的到来在此前紧实、合情且密布细节纹理的呈现中，曾与浮游之物有过交集。

六、风　景

让我们先置身三段"风景"中：

我走到了室外。晨风薄凉，草木在废墟中随风轻摇，世界衰败，但像每一个清晨那样地依然宛如一个奇迹。

这是《势不可挡》中关于未来世界的一句描述。再看《缓刑》，小女孩误打误撞，最后走进了保洁间，她看到玻璃外这样一片景象：

远处有隐隐约约的山峦。天空阳光和云影交错，把变化的光线投射进来。一只很大的平板拖把挤占了本来就很狭窄的空间，漂亮的小女孩只能和这只拖把依偎在一起，她扶着它的塑料杆，出神地望着玻璃幕墙外无声的世界。

…………

再后来，玻璃幕墙外的白光变成了红色的霞光，远处山峦的轮廓反而变得更清晰了，有一道灼亮的光，沿着山峦的轮廓将赤色的天空和黑色的山体醒目地间隔开。夕阳潮汐一般涌上了窗口，仿佛还一浪高过一浪地具有动感地拍打着玻璃。

这一切都让漂亮的小女孩觉得自己是蜷缩在一颗红色的水晶球里，或者，是被凝固在了一颗柠檬色的琥珀里。

《拿一截海浪》中，贺轶宁重新启程时，看到如此天地：

随后他被眼前的风景迷住了，目力所及，天高云淡，秋阳普照下的六盘山群峦起伏，宛如生辉的海面，排列有序的山峰不动声色地涌动，绵延不绝，就连间或生长的树木也像极了海面上的浮标。

"不过是从一片海去了另一片海，"他对自己说，"不过是从一片海回到了这一片海。"

"风景"是经由人心确认的自然存在。草木、山峦与霞光，雪山、戈壁和大海，它们自然地出现在弋舟的小说里，带来了回神的片刻。耶胡达·阿米亥曾在诗中写下："夜间群山在你身畔保持沉静"。我以为，弋舟笔下的风景接近着这样的盛大和静默。徜徉于语言之美显然不够，风景的到来作为一个参数，让小说人物情绪、小说氛围以及美的作用方式，发生了怎样的变化呢？风景书写在当代小说中的存在方式、意义和功能是什么呢？当代小说家走笔于自然景致时，会拥有怎样的取景框、滤镜和对焦方式呢？风景书写会冲淡小说中的现代感吗？弋舟笔下的风景让我想问也想回答。

他让孤独的、失序的也暂时获得平静的人，独自置身天地而面对天地，他们在领受一个类似神恩的时刻。

风景的舒展从容与小说中的压抑奇崛构成张力，风景的存在也为小说带来了某种"景深"。景致诞生于自然，经由人心确认，"自然"才可能成为"风景"。风景的到来带来了人在自然中的那个位置——人的情感在那一刻被地点和时间标记。目之所及呼应着心中的草木、山峦和霞光，风景便成为透过外物人对自我的呼唤和应答。

弋舟的写作追求与实绩是现代和先锋的，但他不排斥古典、雅正、传统的趣味与走笔。重读这些短篇，小说中偶然掠过的风景，特别是接近结尾的风景书写几乎总会将小说迁入新的境况，并带来某种平衡。人的意志、事情的原委、更阔大混沌的不可抗力混合为透着金属光泽的秩序，接近着天平在摆荡后一点点趋于的平衡。在逻辑和情感之间，回视所历，与"平衡"一同降落的，是直视幽暗，回到"新年"，带着告别和重新开始的意志。

《怀雨人》中，朱莉与潘侯目睹过这样一刻风景：

> 一阵乌云过后，星星像一股回流的河水在天上流淌。这是多么难得的一刻，大家安静地麇集在星空之下，仿佛在欣赏一幕话剧。作为背景，天上的星星和月亮都显得那么富于装饰趣味。

这是风景也是文学的奇妙力。她将指挥"星星和月亮"重新存在、行动、参与我们的生活。每个人都有自己

155

的星星和月亮，有自己和星星月亮唯一的关系。对着文本中的造设会心一笑的时候，就是我们确认远方的时候，也是那些远方降落在我们身上的时候。除了此在，除了此刻，在远处甚至我们未曾到过的地方，也有关于我们的生活。

也许，小说（以及更广大的文学）本身就是生活的比喻。读小说时我们置身事外又切微体察，我们浸入生活又拥有注视他者的目光和冷静。修辞为我们置换，让我们经历和穿越，绕过现实本身，在距离和婉转之外直抵内部，甚至能"轻松"地谈起（或置喙）惊奇、酷烈与绝境。我们在文本中重历一切，途经词语和修辞，或将抵达并超越写作者最初与最后的意图。

很长一段时间我都以为弋舟小说里几乎没有幽默。他往严肃、庄重、凛冽、幽微里面去，那样的世界里没有幽默似乎也合情理。但是，重读《势不可挡》让我重新理解了小说家幽默的方式，他让我们看见幽默的后面——那个发笑之后让人发抖、发冷的东西。在《德雷克海峡的800艘沉船》接近结尾的地方，有这样一段细节：

老旧小区，没有规划的停车场，业主们的车见缝插针地塞在公用路面上。一个七八岁大的男孩正耐心地鞭笞着这些给人添堵的家伙——他远远地这么干过来，手拿一截不知从哪儿捡来的破麻绳，一辆接一辆，绝不放过地抽打。……循序渐进，男孩干到她的车前了，看到车里有人，手里扬起的鞭子犹豫不决了。在她鼓励性的目光下，他对着卡罗拉的车头抽了两鞭，然后笑着继续干他的活去了。她体贴地为男孩着想，也许是他手里那截麻绳太过奇怪，身在二十一世纪的城里孩子压根无从识别，于是，策马扬鞭，某种古老的人类经验被神秘地唤醒了，令他激动地应用了起来。她觉得自己这辆车也真像是被鞭子抽打过的马，倏忽就委顿了。后来，她把驾驶座的椅背放低，半躺进去，昏昏沉沉地睡了一会。在深深浅浅的睡意里，在时起时伏的乐声中，她成为一艘正奋力穿越着凄苦海峡的、破浪的巨轮。

男孩在寒夜沿路抽打汽车，鞭挞声在城市半空响亮而短暂地出示，谁能说这不是一段城市风景呢？这是弋舟的幽默方式，那幽默甫一亮相即滑向更盛大与沉默的所指，这也是弋舟处理文学在生活中的存在方式。每篇小说，他都从生活本身介入，手执小镊般精细地揭开附着在生活表皮的那层组织。揭开的过程，就是生活向我们出示它幽微、庄严、由细密与细密的交错而织就阔大的过程。

自 2017 年始，弋舟让自己的短篇写作运行在以干支纪年为名的轨道上。命名最初到来时，谁能料想后来几年将如何被标记在人类历史进程中呢？"偶然"的命名向它的命名者发出质询，要求他看见。

从《掩面时分》《羊群过境》到《德雷克海峡的 800 艘沉船》，"疫情"作为小说现实，没有被写作者绕过。他几乎是自觉而自然地随着现实的潮水浮动，但也并未与这庞然现实"死磕"。文学有文学的承担和去往。注视"常情"与"此在"，亦看见目力之外，这让小说介入的热情与疏离并举。生活本身可以被无限地观察和凝视，也可以被无穷地进入和洞穿。人对精神世界的建造，是有可能从对流淌着的生活的凝视中结晶而出的，在这个意义上，生活在弋舟笔下显出雕塑般的庄严，"现实"是经过文学转译的存在。

不同于新闻、社会学、历史学的承担在于与现实的对位，文学更重要的回应是记录并完成心灵的对位，给未来留下我们心灵的证据。在近三年的写作中，我们看到了作家在现实的阻力与摩擦中意欲抵达的，那与人类境遇相关的"现实"、与人类心灵相关的"心灵"。他珍惜日常中可能成为故事的起点和交点，也试图去处理超出他"感知和理解范围"的经验。

文学整饬生活的芜杂并为时间镀金，在流动的叙事中，它让我们进入一个又一个语境，重新推演一切发生，让我们看见，并相信。弋舟小说里始终有他风格化的、并不迎合的东西。他在为谁写作？为读者还是为自己？也许都不是。他的写作回应着内在道德的引领，那是对"理想生活"与"生活理想"的完成。

弋舟小说里几乎不存在那个唯一的秘密，他不为了写一个人、一件事、一种情绪或情感，而以提纯凝练的方式接近生活本身的真挚透明和幽微多义。这是书写的趣味和耐心，也是生活的态度和选择。弋舟的语言内省而优雅，他的语言方式让生活呈现为某种"镜像"，那些语法和趣味几乎意味着，他在小说里追逐并建造一种"严肃生活"。

词语拥有刻度，可以测量小说。我曾在一篇文章的结尾谈起弋舟对"宛如"的偏爱，类似的，还有"委实"。明明只是一个标记递进程度的虚词，但在作家的调遣里，"委实"确乎透出某种歉意甚至羞赧。弋舟以小说建筑的"道德故事"不仅在人物、情节和氛围里，也在这样看似并无所指的具体词语里。它们泄露作家的趣味，既服从亦指挥着他看待世界的有情眼光。而珍惜这些看似"无用"的情感，揣摩这些看似"无关"的走笔，凝视词语仿佛凝视生活，这是文学给我的教益。

2019年初冬，世界还运行在相对温和的秩序里，我在纽约地铁里重读弋舟小说，为当时要完成的作家论。《随园》里，杨洁乘坐八通线返回通州，她第一次在地铁里遇见"菩萨"，弋舟这样写道：

> 车过高碑店时，上来一个女人。她大概有五十多岁，很胖，肚子里像是塞进了一块正在发酵的面团，却穿着件正常身材的人穿上都会显得逼仄的小夹克。她浓妆艳抹，面无表情地坐在我对面，长长的蓝色睫毛一眨不眨。她旁若无人，像一尊正襟危

坐着的膨胀的菩萨。我突然感到羞愧难当。这尊地
铁里的菩萨猛烈地震撼了我。在我眼里，她有种凛
然的勇气和怒放的自我，这让她看起来威风极了。
于是我做出了自己的决定。回到家，我翻出了老王
给我写的那些信。

"地铁菩萨"像极了在纽约地铁里可能遇见的奇妙人
类，她是钢筋丛林水泥旷野中盛放的花。那一刻我抬头环
顾，竟有身临隐喻之感。地铁带着巨大刺耳的轰鸣与嚣叫
疾驰在黑暗中，道灯的光影偶也落在书上。我看见，车厢
里不少人在看书，隔开嚣闹，和文字里的世界连为一体。
读书的人依随列车的速度与轨迹暗中穿行，那一刻，隧道、
黑暗、速度、光影、嚣叫、沉默以及突然降临的感受，仿
佛一一对位文学造设。而头顶，还有另一个世界，一会儿，
我就可以回到地面来。

2022 年 12 月 31 日
北京

161

对谈：等光来

弋　舟　　贺嘉钰

弋　舟　　嘉钰好，先跟你对下表，你那里现在的时间是多少？

贺嘉钰　　我正在你过去的时间里。现在早晨 10 点，太阳不高，因为在疫情中，世界显得安静。

昨天又读了一遍《庚子故事集》。《掩面时分》里有一个小细节——姜来在"我"看来"之于北京"，终于"在也属于"北京。这是一个有意思的角度，在一个地方却常常并不属于那里，似乎是现代人常有的体验。去年秋天来到纽约，因访学只一年，生活如沙漏一般进入了"倒计时"模式，但疫情突然爆发，这种时间感一下子又拨回了正向，因为我们确乎在等待"好"的到来。

在北京生活了十一年，我从未觉得自己属于它，现在身在纽约，更不属于了。"属于"的条件到底包含着什么？和一个地方相比，人也许更属于他／她自己的时间吧。我们不妨就从时间聊起。特别是在这么一正一反的拨转后，"这一刻"的意义不断显现。我一直认为你在小说中处理时间有种"凝固瞬间"的能力，那种在小说里感受时间的特别方式此时对位在现实中了，是什么让你觉得瞬间值得耽溺呢？

弋　舟　我们不属于空间，我们属于时间。你看，当我们没有一个确凿的体验时，我们也已经眺望了它的某种可能性，但这种可能性，一旦奇迹般地兑现成了庞然的现实，一方面，我们会为自己的某种"前瞻性"而窃喜，另一方面，我们又会空前地感到沮丧——原来，那未曾兑现的时光一旦来临，它的不由分说，立刻会让我们的沾沾自喜现出拙劣与肤浅。就是说，原来我们自以为是的某些优势，其实是经不起检验的。这种深刻的否定，就我的认知，只能来自那一个个由瞬间构成的时间。时间赞美了多少，她就唾弃了多少。对于那个无有始终的时间的臣服，差强人意，就是我对于文学的有限理解。于是，这本庚子年的集子，我努力"随波逐流"，譬如，她破天荒地，有了一个前言，那个前言，以"钟声响起"为名，完全是"现在进行时"当中的情绪。这种"随波逐流"的顺服，达到了一个地步，那就是，因为我无力去做一个无有始终的想象，于是，我只能在一个又一个"凝固瞬间"中，去表达我的盼望。

贺嘉钰　作为读者，我以为那些在瞬间上的盘桓使小说有了"致幻"的质地，体验时间的方式被重新定义，那些在小说里被取消的线性流淌，将从四面八方打开我们的感官。

有点心有戚戚于你在这里说到"随波逐流"，这也正是我从《丙申故事集》《丁酉故事集》到《庚子故事集》一路读来，现在的感受。在干支纪年的限定下，三本书已经形成了她们自己的"小秩序"，而这个来自时间秩序的命名方式在此刻更显况味。也就是说，你不得不看见此刻正在发生的一切。

"困境"是我打开前两部集子时都选择停靠的一个词，如果说《丙申故事集》讲述人如何穿越困境，那么《丁酉故事集》便是人如何与他们的困境相持。可是这一次，一切更加具体了，当困境兑现为庞大的、人类需要共同面对的现实时，我看见一个作家，不期于提供"解决方案"，他呈现那些小周遭对人类个体的逼视，在这样一种反向的目光里，文学的能与不能、为与不为是紧贴着现实的。因为这样的时刻，人正在和具体的自然与命运打交道。那么，在接近灾难的时候，你会给自己找一个怎样的位置？

弋　舟　是啊——文学的能与不能、为与不为是紧贴着现实的。有多久了，我们在创作中忘记了"和具体的自然与命运打交道"？此刻我们有多无能，我们的写作就有多无能。如果真的可以做到认领这样的限定，那么现在，我们将白己的无能袒露出来，也许就是一个白我打捞的方案。唉，我撑不住了，被人羞辱或者羞辱了他人，我们撑得住，粉饰了世界或者被世界粉饰，我们也撑住了，可突然有一天，会有你压根无从想象并难以直视的羞辱与粉饰降临，你将撑不住。而此刻，那个理论上的"有一天"，居然真的不只是一个理论了。

你可以当一切都没有发生吗？你只能写下这样的句子——"形势依然严峻……"《掩面时分》就是这样开了头。

166

她当然充满了漏洞和风险，可是，一篇小说需要躲避的漏洞与风险，在这"有一天"的面前，多么微不足道。你把你的无能交出来，放弃既往对于指摘和误解保持警惕的那种机灵劲儿，反而，会觉得自己受到了某种庇护。你逞不了强了。至少，我的感受是这样的。无能，诚实，就是我现在能给自己找到的位置。

你从这一系列的故事集梳理出的脉络，我完全认可。从如何穿越困境，到人如何与他的困境相持，直至更加具体了的"这一次"。

贺嘉钰　这种无力与匮乏感在前两个月尤为严重，甚至让我开始怀疑长久以来所珍爱的事。文学能拯救我们吗？似乎不能。可是还想问，文学在什么意义上能使我们得救？从来没有这样迫切地希望自己能够回答，或是有人告诉我答案。现在似乎有一个差强人意的回答，那就是，文学不负责应对外部世界，她能到达的地方实在有限，她只到达你，她只负责为自我如何与自我相处提供一个参照。文学处理外部世界，但是到了你这里，便只与你有关。

让我们回到文本。《核桃树下金银花》是你的短篇中为数不多的让我感到了温情的小说，虽然有一个大灾难的底色，但一对"体量庞大"的少男少女在一个短暂相逢里完成了一次非常轻逸的抒情，小说里面有一句话："她给我指认了此生的第一棵树，启发我对原野展开想象。"我们知道，"这棵树"后来在地震中倒下了，但那个"少年快递员风驰电掣地开着一辆电动三轮车，向着他永远的翻版与镜像，向着一个胖天使，一头冲进漫天遍野的壮观的花海里"。小说在这里飞了起来，是的，人可以被一个模糊而遥远的指望所激励，深情地活着，可一旦这个指望被抽取了呢，以后的生命他将如何和自己相处？小说虽然不说，可我感到某种安慰，因为它洋溢着的明亮调子。从灾难里稀释出"明亮"不是铤而走险，那要克服更大的阻力。

弋　舟　我想，那个解决之道或者朴素极了。你已经指认了，文学"她能到达的地方实在有限"。这个常识我们枉顾太久，惩罚终将到来，于是此刻我们才会如此无力，从未像今天这般深重地质疑文学的价值与意义。文学一直在那儿，今天之前与今天之后，她还是她，是我们曾经过度借由夸大她来夸大了我们自己，所以才有水落石出的今天。文学不是个魔术师的把戏，我们借由她抖机灵太久，早忘了诚恳的本意。就像"隐喻"这个词，若非事到临头，我们哪里会检讨自己多么轻浮和泛滥地使用过它。现在，我们还好意思带着股傲慢劲儿说"这场人类的灾难是一场宏大的隐喻"吗？当然，它当然是，但我们开始羞于启齿。

《核桃树下金银花》也是我喜欢的小说，至少，她在你眼里被看为了"温暖"，至少，我愿意在小说里认领人的义务，愿意重新回到对于一棵树的学习中去，这样，她就"只到达了我"，"负责为自我如何与自我相处提供一个参照"。当我靠着文学变魔术的时候，这些都远离着我。

贺嘉钰　这个"重新回到对于一棵树的学习中去"的说法就让我温暖。作家写作，不就是重新命名世界万物吗？最近看到一些作家、学者、艺术家在疫情中的生活记录，印象格外深的一篇是阿莫多瓦的隔离日记，他提到一部纪录片，是维克多·艾里斯的《榅桲树阳光》，记录的是画家安东尼奥·洛佩斯的日常工作，再具体一点，讲的是画家如何从秋天开始，画他花园中一株瘦弱的榅桲树。阿莫多瓦的表达具体又迷人，他是这样解读的："关于自然光照射在构成我们整个世界的物体上成就的奇迹。一年中不同季节交替下的光，进入黑夜的漫长旅程中的光。……这部电影讲述这个艺术家与榅桲树上的自然光相对，他将其

169

看作斗争，一场注定会失败的战役。"影片里安东尼奥·洛佩斯就近尘世的方式让人感动，你会看到艺术家对大自然、对万物中具体的微小之物深深的疼惜。他要画阳光照在果子上的样子，便用漫长的时间等待光，光来了，只停留那么一小会儿，他常常还没抓住那个瞬间，光就离开了，有时候，暴雨还会说来就来，他得急忙叫上工人一起给这株瘦弱的小树搭起帐篷。片子里有一种日常所怀有的光泽，它微茫又高贵。你是不是也有着类似于"等光来"的时候？

弋　舟　是的，"等光来"。更多的时候，那种十拿九稳的把握感，按部就班的规划性，却是让我们处在一种"创造光"的谵妄中。我们既无耐心，又无定力，也许更为匮乏的，还是我们领受光照的资格。

你知道，按照前两本故事集的体例，我们这个对话是要作为代后记收在集子里的，实际情况却是，现在我还有一篇尚未动笔，甚至写什么，也压根没有眉目。就是说，原本带有"收尾"性质的这个对话，提前了，像是句号当作了逗号在用，也像是尚未竣工的房子，提前"模拟"了验收。这是时间的错位与倒流，甚至还有宰割与假造时间的嫌疑，但我想试试，觉得可能也有特殊的光斑，至少，见证了这个非常时期我们某种复杂的个人经验，它事关写作的无力、个人的挣扎，以及流动着的不确定性与可能性，当然，更是事关我们对于时间的重新想象。现在，我期待的是，当我们结束这个对话后，我艰难地开始书写，那最后一篇尚未动笔的小说，将会是怎样的一个面貌，就如同那间经过验收之后其实还有待完工的房子，家具、壁纸、小摆设，都已提前入场，它将如何完成最后那道亏欠着的工序？这个过程，我觉得，就是在"等光来"。

贺嘉钰　我所理解的好的短篇小说，她既拥有强大的还原真实的能力，又能够领着我们向远方远远地跨出一大步，然后，我们得以在对岸回望生活的质感和光泽。"核桃树下金银花"这个名字带着一种"莫名其妙"的诗意，无论如何，我一开始想不到她会与汶川大地震有关。这个短篇里，男孩女孩现实的交集只有一个下午，但这丝毫不妨碍他们成为精神上的同盟。如果说这一小段交集里有隐约的爱意，也都是出自"我"的想象，小说几乎是在记忆的重述中将灾难叙事与日常叙事推到了一个非常妥帖的停泊处。你在小说里做了一个判断，但我隐约不觉得那只是为了推进叙事，"做一个快递员，我压根不需要被教育，它就是我生而为人的本能"。"快递员"的隐喻是什么？偏狭地理解，是让"物"借由他，穿过时间和距离而抵达。你为什么会下一个这样偏僻又果决的关于"快递员"的判断呢？

弋　舟　"快递员"是一切人间职业的代言人，这世上所有的职业，或许都是"物"与世界意志之间的传递手，而职业的背后，则是在兑现着"劳作是人的本意"这样一个根本性的生命美德。

我们被分派到了人间，肯定不是来坐吃山空的，那种想象太不知深浅，不知道从哪儿得来的特权和优越感，遗憾的是，大多数时候我们都把自己想象成了得意扬扬的不劳而获者。这首先是我基于对自己的批驳，我想，如果你是一个失败的胖子，你只熟悉核桃与金银花，你驮着人家的快递包裹，你还能不能获得生命的荣誉？然后，小说写出来了，我觉得，笔下的人物赢得了他们的光荣。甚而，在这种属于人的荣光中，人才有可能具有尊严地承受起了灾难。

我们说过无数遍的"诗意"，我想，这就是我如今所能理解的诗意。她当然是"莫名其妙"的，因为诗意从来就是"顺理成章"的反面。

贺嘉钰　我想这也是为什么我越来越警惕"舒适"和"光滑"的阅读。那些不对你构成挑战、障碍甚至冒犯的文本不足以调动你对它的反馈。当我们希望在与文字的遭遇中感受到摩擦与阻力，文学似乎就有了真正的连接到生活的可能。

我们对艺术的理解往往针对的是艺术的完成时态。就是说，我们习惯将艺术作为一个结果去对待，但艺术作品对她的创造者而言，首先意味着一连串具体的劳作，时间上的付出，情感上的挣扎、徘徊、失落或者安慰。也许是和正在做的博士论文有关，我越来越想看到艺术的发生过程，她的发生条件，如何被创造，如何运作以及她的主体是如何行动的。让我们把目光转到《庚子故事集》的写作中，写作这件事在这几个月里，发生了什么变化吗？

弋　舟　没错，当我们在谈论自己的有限，谈论无力的滋味时，就是坦白着自己原本的"不光滑"和"不舒适"。无时无刻不在与世界的摩擦之中，这是我们确凿的生命经验，那么，干吗老要装得手到擒来、手段高明？连接生活的文学，常常被我们有意无意地链接到了"文学史"，这当然很正当并且重要，可是光荣的文学史被我们用自己的创作野蛮链接，不过是企图用前辈的光荣来佐证自己的光荣。我们必须认清，当前辈们奉上那个漂亮的结果时，必定历经了他们的"一连串具体的劳作"，我们焉能直接省却了苦熬，只是手捧果实说：你瞧，我弄出的果子也是在那个名优品种的序列里。回到自己的艰难里，每一次创造都没有现成的便道，饱受自己对自己的怀疑，不断气馁，这个过程，也许的确比结果重要得多。

《庚子故事集》的特殊性已经毋庸多说，此刻，我们活得有多难，我写得就有多难。

每一个人都经历着自己的难度，我想要如实写下来这属于我的难度，无论它显得多么不漂亮，多么漏洞百出。当我开始观察自己这整个的过程时，真的宛如看到了一个拙劣而焦躁的猴子，坐卧不宁，又不知所云，拍着并不存在的胸肌，一边给自己打着气，一边又在泄着气。可这个宝贵的自我观察，又成为一个自我的搀扶。因为，我终于看到了我。

贺嘉钰　谢谢你的诚恳。如果说我们习惯了在"手艺"的语境里谈论小说的技艺和光泽，那《庚子故事集》可能就是在既定的轨道里遭遇了一次现实的搬岔道。我记得《鼠辈》是去年12月初完成的，昨天再看，被里面一句着实吓着了，"北京发现了两例鼠疫感染者！"我们不会从这个感叹号里预知世界在几个月中的改变，但"鼠辈"作为一个有些炎凉味道的意象，好像比任何时候都接近着现代人以及所有物种中人类生存处境的真实写照。这让我感到一种"风格的时差"，从你在长篇《跛足之年》《蝌蚪》里书写的那种凛冽又无措、一发不可收拾的人生，以及上百部中短篇的营造，到现在，你的写作好像越来越不狠了？

弋　舟　诚恳其实是一个无能者对于自己的解放。从前的写作，如果有"狠"的面向，那也可能是对自己不够狠，惯着自己，觉得自己是那么回事儿，于是在小说里任性，屠戮世界；而现在，好像的确是拧过来了，开始对自己发狠，看出自己诸多的限度，于是反而写作却越来越"狠"不起来了。我也很难确定这是否正确，但至少我遵从自己真实的认知。

《鼠辈》写于去年的 12 月份，是"前庚子"作品，按例，它应当是收在《己亥故事集》中的，但是你也知道了，那个计划中的《己亥故事集》泡汤了，不仅《己亥故事集》泡汤了，之前的《戊戌故事集》也泡汤了，并且它们是永远泡汤了，因为它们妄图借着时间的名义，而时间才不给你网开一面。我又一次败在了自己的懒惰以及无能里。时间的无情正在于此，它会将你所有的信誓旦旦检验出真伪。接着，如此非凡的庚子年降临了。这是我的本命年。我渴望给自己一个礼物或者见证，无关宏旨，仅仅是自己生命中的一个小仪式。于是，我决定要在当年出版这本小说集，理由看起来也说得过去——出版在庚子年，便也可以称为《庚子故事集》了吧。显然，这又是一个提前将逗号当句号用了的"事故"，集子出版的时候，庚子年大致只过了一半，那么剩下的时间余额，我将怎么跟自己交代？我将如何命名自己下半年的写作？对此，我现在同样抱有好奇，那就是，"等光来"，将那没有到来的，老老实实交给时间来观照吧。看上去，似乎是我人为地扭曲了时间，指鹿为马，炮制着自己的时间说辞，但是我知道，我没那么神气，毋宁说，在这一年里，时间不以人的意志为转移，走出了它自己空前的刻度。就像《鼠辈》中的心情，乃至她仿佛寓言一般的细节，这些，都是时间自己的奥秘。

当一切尚未来临，我们也在说写作的艰难，也在说鼠辈的卑微，但现在，我们都知道了，原来艰难与卑微的语义，已经在我们心中的词典里发生了怎样的质变。什么是文学的"写照"？大约现在我们也有了别样的理解。

贺嘉钰　那么借用你的修辞，"事故"也正是"故事"的开始方式。我们看到，你在这个"小秩序"里专意的依然是现代人类都市生活里的有限与无限。很多次，我在阅读的尾声感到一种婉转的超越，他们走向个人境遇里一个绝境，可真正抵达后反而有一种开朗和自在。读小说时，我有个毛病，尤其喜欢往一些小地方钻，特别是一些看似作者无意的走笔，我相信那里面有"所以为之"的天然合法性。《掩面时分》里，就有这样一个似乎毫不影响整个小说走向的细节——你两次提到了"我"的"后父"。第一次是："我那时最大的目标是将自己从北京发射出去，无论是哪儿，安徽也行，火星当然最好。我有一个后父，麻烦到像所有麻烦的后父一样。"第二次是在快结尾的地方："目送着姜来离开，我并不急着回去。她回去是面对一个不足周岁的女婴，我回去，是面对漫天飞舞的口罩外加一个麻烦的后父。"为什么会有"后父"这样一个略显突兀的设置？我试着解读一下，他的存在内在地预设了我们所无力更改、无法回避、无可逃脱的命运。但还有一点没想通，这么一个独立而颇有主见的"我"，为什么不搬离她后父的家？但这好像又是另一个故事了。

　　弋　舟　显然，你是那种"会读小说的人"，你所着眼的那些微小的细部，可能恰是小说之"小"的奥义所在。一个"后父"的出场，被你看到了，于是他才存在了，否则，他毫无意义，他所能达成的某种社会性联想、心理性联想，甚至文化寓意的联想，对于你这样的读者都是有效的。因为你有"小说经验"，这些经验的调动，让你丰富和完善了作为作者的我也许都未能触及的波长。在这个意义上，这个"后父"是你创造的。但我也要承认，至少，这是一个我预设的效果。我们在写作中，总是心怀着某类理想读者的。同时，我也得承认，这是小说家的懒惰，他知道镶嵌什么最顺手，最有效。

　　至于"我"为什么不搬离呢？是啊，为什么呢？那的确是无以穷尽的追究了，没准，它的确是下一个故事的起点，因为当"为什么"发生时，正是"事故"发生的时刻。小说就是在一个又一个的"为什么"策动之下，才展开了她自己的道路。当然，回答起来原本也能简单——自由如我们，为什么要去打一份充满了羞辱的工？为什么，我们不能像发射火箭一般，从身在的苦地被发射出去呢？掩面时分，这时候，我们正好可以琢磨琢磨这些无解的问题。

贺嘉钰　那些"无解"的问题有一些不正源于"人类的算法"吗？你的小说不经意时甚至还兼具普及科学或者伪科学的功能，不过，当生活蹭过这些小小的跳板，我们确实或多或少地获得了一种被更新的认知。从一种角度看，《人类的算法》是你短篇阵营里的"少数"，你放弃了第一人称的叙事方式，从日常里揪出一个小线头，我们发现，生活是多么经不起这样的"抽检"啊，轻轻一托，一件织物就有可能被拆毁，一种看似严密的生活就有可能垮塌。我冒险将这篇概括成一句话："一个中年女人如何藏住她逸出的往事与心事。"但故事从始至终只是一个人的，你为什么给了她一顶"人类"的帽子？

弋　舟　生活其实是经得起"抽检"的，事实是，我们都知道那织物一托就毁，可大家都在根本性的溃败中有模有样地保持住了某种看着还算体面的完整。这可能就是生活本身的强悍所在。

　　小说里究竟能够承载多少"野心"？当然，我们说过，当我们写一个人的时候，实际上就是在写整个人类。这不仅正当，而且正大。但是，如今对于正当与正大之事，我们往往都说得不那么理直气壮了。小说中的女性，经历了她的往事与心事，如果不将惨痛的一己往事与心事寄托于"人类"，我眼下还真不能替她找到更好的道路。也许，就没有一条"更好"的道路，我们能做的，不过是找到一条"不那么糟"的路。你瞧，无论在现实里还是在小说中，我们有了科学和伪科学，我们有了带着储藏室的房子，我们有了国际贸易和世界，那我们就有理由去从这些事物当中寻求即便是不那么可信的依托。这是今天的我们身在的现实，我们已经被限定在了历史的这个局部，我们处理着的和处理着我们的信息，决定了今天的我们只能让自己向"人类"眺望。

　　而且，"人类""算法"，这样的意象，还有比此刻更加扑面而来过吗？是，这么说下去，都有可能是强词夺理了，如果最终真的说出了某种"野心"，极有可能真的就是小说不堪承载的了。

贺嘉钰　无论她是否能够承载，她的作者和读者都乘着这样一种形式渡到一个新的岸边。借由文学打开认知，完成冒险，反刍经验，我想，再没有比小说更便宜的方式以供我们检省生活了。在这样一个"上不着天下不着地"的空间里，现实高度地简化在一个故事中，一种叙事方式里。文学能够给我们的，可能就是一次次"困境的日常化"，对于一些读者，她还给了他们一把思想的"小锉刀"，她将赋予他们"转换力"与"后置感"，你参与，又能够抽身，因而及时地获得了反思的机会。

如果说，在严酷凛冽中，文学能够主动地帮我们恢复一些什么，那也许就是在模拟困境中练习克服，当真正的困境无可避免时，想起人类里的那些"她"与"他"，给自己一些保持平静、保持深情的定力。

期待着《庚子故事集》的句点将我们渡往未知之地。

弋　舟　"转换力"与"后置感"，这就如同对这本集子的一个概括，而概括了的，不是结果，而正是一个过程——她尚未完成，但是我们能够预见到她终将完成，只是，现在我们还不知道她将怎样完成。这，恰如我们此刻的处境。

让我们等光来，并再一次对下表。

贺嘉钰　正是傍晚5点钟。卞之琳诗里写过，"友人带来了雪意和五点钟"。文学安宁人心的瞬间无时不在发生。谢谢你的写作。

2020年4月30日

庚子孟夏初八凌晨

香都东岸

2020年4月29日黄昏

纽约

后　记

没有想到过去三四年写下的关于弋舟小说的一点文字会成为一本书。

整理书稿时，为她的小、具体以至单薄感到一些羞愧，当然，也为她记录下了小说艺术在我认知中的一段轨迹而愉悦。

2019 年冬天写《"失序者"的出离与复归》那篇时，我在微信里向弋舟提了很多琐碎问题。关于艺术趣味，他说："对克里姆特和埃贡·席勒的维也纳分离画派，保持着比较稳定的喜爱。"那天下午我去逛纽约现代美术馆（MOMA），无目的晃荡，在展厅里忽然看见席勒作品，差点惊呼出来。*Girl putting on shoe*（1910）与 *Standing male nude with arm raised, back view*（1910）两幅画作来到目前。底稿上的铅笔痕迹、色彩之间无序又充满自我意志的流动、看不到面容但流溢情绪的身形，让我呆看了很久。我确信那一刻，艺术中迷人的部分降落身边，而我离小说里弋舟着意的营建，也好像更近了一点儿。

无法描述小说以及一切艺术存在为什么迷人，只是就近她们，我就感到快乐。我愿将文学看作一个邀请的手势，一个人物、一句表述、一个词语，总在递来一点儿什么。她们让一个人暂时脱身此处，好奇并体谅一个甚至不存在的他者。那些"他者"，让我的有限世界宽阔。

我是在细读弋舟小说的过程中摸索着写作家论的。这几篇文章与访谈，蹒跚学步甚至任性，谢谢《作品》《小说评论》《扬子江文学评论》《上海文学》曾予发表。深谢陕西师范大学出版社与责编张佩女士，以认真和温暖让这几篇文字成书。

这是我的第一本书，她回到西安，在我的家乡出生。想到这儿我就快乐。

"用一些浮在水面的文字藏住深海里沸腾的精神生活。"有一回，我们聊起什么，弋舟发来这一句。

好的，那就向深海去，向沸腾去。

2023 年 4 月 9 日

北京

埃贡·席勒

Girl putting on shoe

1910 年

埃贡·席勒

Standing male nude with arm raised, back view

1910 年

纽约公共图书馆一角，穹顶与窗外是蓝色的第五大道。
本书第一篇写于此。